갈 데가 있어서요

책을 편식하는 사람들 2

갈 데가 있어서요

이택민 산문집

당부의 말

삶은 흐른다. 지금도 과거가 되니
우리 부디 대과거로 남지 않기를.

한 해의 끄트머리에서

갈 데가 있어서요

차례

당부의 말

1부 갈 데가 있어서요

2부 감정의 모행성

새벽길을 나서는 모든 그대에게

1부

갈 데가 있어서요

삶은 회색 빛이 아니다

삶은 회색 옷처럼 노력을 가시적으로 보여주지 않는다

우리는 모른 채

운전대를 잡아도 어디로 향하는지 모른 채, 이어폰을 꽂고 있어도 어떤 노래가 흘러나오는지 모른 채, 소설을 읽어도 주인공의 이름을 모른 채, 당신과 대화를 나눠도 당신의 어제를 모른 채, 양말을 신어도 발가락의 존재를 모른 채, 외투를 걸쳐도 팔뚝이 시린지 모른 채, 시계를 차도 손목이 허전한지 모른 채.

우리, 모른 채 살아가는 걸까.
모른 체하며 살아가는 걸까.

미지근한 심장은 언제쯤

차가운 얼음물을 담고 있는 유리병이 땀을 흘린다. 인간은 열을 낼수록 땀이 나는데, 유리병은 냉정을 유지하면서도 열정을 불태울 줄 안다. 나도 누구에게 지지 않는 역설과 모순을 지닌 사람이지만 냉정하면서 열정적이지 못하고, 이성을 유지하면서 감정적이지 못한다. 유리병의 이러한 자기모순은 투명한 마음가짐 때문이 아닐까, 병 속을 가만히 들여다보며 생각한다. 자신의 양을, 자신의 색을 거짓 없이 비춰 보이는 맑은 유리병은 속내를 드러내도 아무 거리낌 없어 보인다. 테이블을 적신 둥그런 물기를 닦으며 괜스레 마른 이마를 매만져 본다. 아아, 미열의 이마는 언제쯤 냉철한 생각을 품을 수 있을까. 아아, 미지근한 심장은 언제쯤 열렬한 사랑을 품을 수 있을까.

같은 날, 다른 공간

2014년 8월, 자동차는 구리를 지나 의정부로 향하고 있다. 따사로운 볕 아래 낯빛이 어둡다. 차 안의 공기는 무겁다. 어두운 표정과 무거운 기운의 이유, 오늘은 입대 날이다. 어릴 때만 하더라도 성인이 되었을 땐 소원이라고 노래 부르던 통일이 될 줄 알았는데, 그건 지금 생각해 봐도 너무 어린 생각이다. 불행 중 다행으로 동반 입대하는 동네 친구 둘과 입대 장소와 날짜가 같다. 먼 길 떠나는 날, 동행이 생긴 것으로 작은 위안을 삼아 본다.

우리 가족과 친구들 가족은 306 보충대대 앞에 한데 모여 부대찌개를 먹는다. 부대찌개는 의정부 부대찌개라고? 맛이 느껴질 리 없다. 깨작깨작 밥을 먹던 난, 신병 교육대에 들어가면 탄산음료가 사무치게 그리울 거라는 친구 아버지의 말씀에 사이다를 벌컥벌컥 들이켠다. 청량감은 어디 가고 속만 더 부룩하다.

고등학교 친구들도 군대 가는 셋을 배웅하러 왔다. 보충대 정문 앞에서 가족, 친구들과 사진을 찍는다. 지그재그로 놓인 바리케이드를 지나 연병장으로 이동한다. 머리를 박박 깎은 또래들 모습이 보인다. 모자를 벗자 그들과 다르지 않은 내 모습, 멀리서 보면 우린 모두 다 같은 빡빡이다. 이렇게 개성은 죽었다.

연병장 스피커에서 김광석의 '이등병의 편지'가 흘러나온다. 야속한 군인 녀석들. 가족들과 마지막 인사를 나눈다. 엄마가 몸 조심히 다녀오라고 신신당부를 하며 눈물을 글썽인다. 그 모습을 보자 굵은 눈물 방울이 뚝뚝 떨어진다. 그런 내 모습을 보고 친구들도 울음을 쏟는다. 모두 잘 참아왔는데 결국 눈물바다가 되었다. 붉어진 눈으로 배웅 온 친구들에게 인사를 건넨다. 우리 모습에서 자신들의 미래를 봤을까? 슬픈 표정의 이유가 궁금하다. '이제 다시 시작이다. 젊은 날의 꿈이여.' 애절한 노래를 끝으로 세 남자는 눈물을 닦으며 연병장으로 들어갔다.

"전체 차렷! 좌향좌! 앞으로 가!" 입대식을 마친 후, 일렬종대로 체육관으로 이동한다. 가족들 얼굴이 서서히 멀어진다. "거기! 똑바로 안 서고 뭐 해!" "줄 제대로 안 맞추나!" "빨리빨리 움직여라, 군대 놀러 왔어?" 체육관에 들어오자 무더운 공기가 일순간 차가워진다. 검은색 헬멧을 눌러쓴 구대장의 강압적인 목소리가 귓가를 강타한다. 다그치는 말투와 재촉하는 몸짓. 안 그래도 짧은 머리가 삐죽 곤두선다. 노래 가사처럼 젊은 날의 꿈이길 바랐다. 주위를 둘러봤다. 볼을 꼬집어봐도, 아무래도 이건 현실이다.

동반 입대한 친구들과는 다른 생활관에 배정됐다. 비가 추적추적 내리는 사흘 동안 그들을 한 번도 볼 수 없었다. 꿈인지 생시인지 모르는 시간이 정신없이 지나갔다. 각자 배치받은 자대로 향하던 날, 멀리서 낯익은 뒤통수가 보였다. "야! 손영수! 이승규!" 이름을 크게 외쳤다. 우리는 반갑게 손을 마주 잡았다.

"야, 너희 어디로 배치받았어!?"

"우리 수기사! 너는 어디야!"

"수기사가 어딘데! 나, 나는 17사단이야!"

"알겠어, 우리 이제 가야 돼! 간다!"

"어, 조심히 가! 전화해!"

참나, 어떻게 전화를 하겠다는 건지. 짧은 조우를 뒤로하고, 나는 17사단 신병 교육대로 향하는 버스에 몸을 실었다.

그로부터 9개월이 흘렀다. 돌아가지 않을 것 같던 국방부 시계도 조금씩 움직였다. 그사이 나는 훈련병에서 이등병, 이등병에서 일병이 되어 있었다. 군대에서의 두 번째 여름을 앞두고 있던 5월 초엔 열흘간의 1차 정기 휴가를 허가받았다. 3.4초처럼 빠르게 지나갔던 이전 휴가와 달리 알찬 하루하루를 보내겠노라 다짐했다. 휴가 한 달 전부터 친구들과 연락을 주고받으며 휴가 계획을 세웠다. 여느 때와 같이 싸지방에서 페이스북을 하고 있는데, 같이 입대한 친구 중 한 명에게 메시지가 왔다.

'5월 9일에 우리 부대에서 부대 개방 행사하는데 올래?'

정확히 제대를 1년 앞둔 5월 4일, 휴가를 나왔다. 그 주말에 친구 부모님의 차를 얻어 타고 가평으로 향했다. 차는 굽이진 길을 따라 올라갔다. 익숙한 국방색 풍경들이 보였다. <수도 기계화 보병사단>에 도착했다. 화포를 하늘 높게 들어 올린 K-9 자주포가 우리를 반겼다. 마치 경례를 하듯 각이 살아있다. 위병소 입구에서 '60 포병대대 3포대 일병 손영수 친구' 방문증 목걸이를 건네받고서 부대 안으로 들어갔다. 한 해가 지나 친구들 얼굴을 마주했다.

대대장의 연설로 행사가 시작됐다. 행사의 목적은 군인들이 생활하고 있는 부대를 개방함으로써, 부모님들에게 우리 아들들이 이렇게 건강히 잘 지내고 있으니 걱정하지 말라는 걸 보여주기 위한 것이었다. 연설이 끝나고 몇 개의 동영상을 시청한 후, 친구들의 안내를 따라 병사들이 살고 있는 막사로 이동했다. 친구들은 입대한 달이 같은 동기들끼리 지내는 '동기 생활관'에서 생활하고 있었다. 저마다 1층 침대를 편하게 사용하는 모습이 마냥 신기했다. 당시, 나는 오래된 주둔지 막사에서 길게 늘어선 나무 침상 위에 케케묵은 매트릭스를 깔고 자야 했다. 심지어 소대원 이삼십 명이 함께 지내는 소대 생활관이었다. "야, 너네 좋겠다!" 부러움을 숨기지 못했다.

　친구들 자리는 무척이나 깨끗했다. 관물대의 주기는 새것처럼 깔끔했고, 방탄모 위치는 물론이거니와 모든 물건의 각이 잘 잡혀있었다. 나는 옷걸이에 걸린 칼각의 전투복을 보곤 피식 웃음이 났다. 이날을 위해 얼마나 많은 시간 동안 부대를 청소하고 생활관을 정리했을까. 내가 친구들의 관물대를 구경하며 생각에 잠겨 있는 사이 침대는 푹신한지, 창문은 잘 열리는지 생활관 곳곳을 살펴보는 친구 어머니가 보였다. 그 모습을 보자 갓 일병을 달았을 무렵, 처음으로 부대 면회를 온 우리 부모님 얼굴이 떠올랐다.

　점심시간이 되자 막사 뒤편으로 이동하라는 방송이 흘러나왔다. 야외로 이동해 그늘진 곳에 돗자리를 펴고 앉았다. 군부대 관계자들은 점심 식사로 전투식량을 나눠주었다. 후식으로 먹으라며 튀긴 건빵에 설탕을 뿌려 주기도 했다. 군인이 휴가를 나와서 전투식량을 먹고 있다니. 그래도 우리 부대에서 훈련하며 접했던 식단과 달라 신기해하며 먹었다. 식사를 마치고 친구들이 피엑스에서 아이스크

림을 사 왔다. 내 손에 쥐어진 건 내 군번줄처럼 배배 꼬인 스크류바였다.

다음 식순을 위해 우린 연병장으로 이동했다. 그곳에서는 휴가증이 걸린 게임이 진행됐다. 여러 게임 중 나는 친구, 친구 아버지와 함께 '신문지 위에서 오래 버티기' 게임에 참여했다. 단계가 올라갈 때마다 반절씩 접히는 신문지 위에서 두 명을 동시에 업고 5초 동안 버티는 게임이었다. 나는 친구 부자를 업고서 다른 팀들이 모두 탈락할 때까지 버텼다. 규칙적인 생활을 하며 오후엔 매일같이 체력 단련 시간을 가진 결과였다(현역 군인은 달라도 달랐다!). 게임에서 1등을 차지한 나는 친구에게 3박 4일 휴가증을 선물했다.

행사 일정이 모두 끝나고, 숙소가 딸린 맹호회관으로 자리를 옮겼다. 맹호회관은 맹호부대에서 운영하는 군부대 소속 복지시설로 1층에는 식당이, 2층에는 숙박시설이 있었다. 식당에서 판매하는 메뉴들의 가격은 사회 물가보다 훨씬 저렴했다. 고깃값은 물론이고 소주가 1,500원, 맥주가 2,000원. 삼겹살로 시작해 항정살에 삭힌 홍어까지, 군인 셋은 양껏 고기를 먹고 맘껏 술을 마셨다. 거나하게 취한 우린 식사 자리를 마무리하고 방으로 올라갔다. 어른들은 셋이서 함께 시간을 보낼 수 있도록 방을 따로 잡아주었다.

방바닥에 둘러앉이 자가비, 참치와 크래커 등 피엑스에서 사 온 과자를 꺼내 맥주를 마셨다. 그날 밤의 기억은 찌그러진 맥주 캔처럼 온전하지 못하다. 그렇지만 취한 우리들 사이에서 오갔을 이야기는 뻔하다. 일 년 사이 겪은 군대에서의 경험을 무용담처럼 늘어놓았을 것이고, 시뻘게진 얼굴로 내가 더 힘들다며 엄살을 피웠을 것이다. 그럼에도 확실한 건, 내년 이맘때쯤엔 꼭 사회에서 만나자고, 남은 군 생활도 무사히 보내자고 주정에 가까운 약속을 했다는 것이다.

열흘간의 휴가는 길 줄 알았지만, 3.4초보다 살짝 긴 10.11초에 불과했다. 우사인 볼트의 100미터 달리기 기록만큼 충격적인 속도였다. 휴가 복귀 당일, 나는 지하철을 타고 김포로 향했다. 복귀 시간에 맞춰 위병소를 통과했다. 복귀자 신고를 하고 짐을 정리하자 금방 취침 시간이 찾아왔다. 마치 어제 그랬던 것처럼 딱딱한 침상 위에 매트릭스를 펴고 누웠다. 분대장은 옆에서 휴가 동안 무엇을 하고 왔냐며 자꾸 귀찮게 군다. 시답잖은 이야기를 한참 늘어놓고 나서야 잠이 든 선임. 시간을 한참 빼앗겼지만, 휴가 복귀 당일에는 야간 근무가 없어 다행이다.

자정에 가까워지는 시간, 사위가 적막하다. 불침번 근무를 서는 병사들의 군화 소리만이 시멘트 바닥을 울릴 뿐이다. 잠 들기 전, 같은 날을 바라보며 군 생활을 버티고 있을 친구들 얼굴이 떠올랐다. 지금 그들도 천장에서 희미하게 빛나는 취침 등을 바라보고 있을까. 쌀쌀한 새벽 공기를 맡으며 야간 근무를 서고 있을까. 아니면 침대에 누워 동기들끼리 휴가 이야기에 심취해 있을까. 내일 아침 눈을 뜨면 또다시 고된 막내 생활이 시작되겠지만, 작년 여름 의정부로 향하던 그날처럼 함께 같은 길을 걸어가는 사람들로 인해 남은 1년의 시간을 다잡는다.

오늘날 이따금 침낭 속에서 남몰래 눈물을 훔치던 시절이 나를 찾아올 때가 있다. 도저히 예측할 수 없는 미래에 막막한 기분이 들 때면, 다른 공간에서 같은 날을 바라보며 살아가는 누군가를 떠올려 본다. 가까운 사람일 수도 있고, 한때 가까웠지만 지금은 연락이 닿지 않는 사람일 수도 있다. 오늘 밤, 나와 비슷한 미래를 그리며 고민하고 있을 누군가를 떠올린다. 그들은 어떤 하루를 보냈을까, 그들은 어떤 고민을 엮으며 나아가고 있을까. 감은 눈앞으로 희미한 불빛이 아른거린다.

죽음과 가장 가까운 맛

가을의 초입, 대하구이를 먹기 위해 소래포구를 찾았다. 1층 어시장에서 대하를 사 들고, 2층 식당으로 올라갔다. 직원에게 봉지를 건네자 금방 준비를 해주겠다고 한다. 모든 음식을 바짝 익히거나 구워 먹는 것을 선호하는 난 대하 또한 바싹 구워 먹고 싶다. 내 속마음을 읽었는지, 대하는 10분에서 15분 남짓 굽고 껍질을 벗겨 먹어야 제일 맛있다는 식당 아주머니의 말씀.

새하얀 침대 위에서 잿빛 대하가 발버둥 친다. 자신의 고통을 뚜껑 너머 세상에 알리기 위해 가늘고 많은 다리로 열리지 않는 문을 연신 두들긴다. 얼마나 지났을까 처절한 몸부림이 잦아든다. 아주머니는 이제 먹어도 된다며 발자국이 새겨진 냄비 뚜껑을 들고 사라진다. 이게 웬걸, 단말마를 끝마친

자의 낯빛에 되려 생기가 돈다. 붉어진 것을 붉은 것에 찍어 먹는다. 죽음과 가장 가까운 맛이다.

더운 공기를 휘저은 신발을 획획 벗긴다. 영혼을 호호 불어가며 붉은 가죽을 뜯는다. 죽음과 가까울수록 뜨겁다. 껍질은 까도 그만, 안 까도 그만. 어떻게 먹든지 죽음과 가장 가까운 맛이다. 그 맛은 역시 훌륭하다. 도톰한 새우 살을 입에 넣는다. 갓 죽음을 맞이한 대하는 입속에서 다시 한 번 더 죽음을 맞이한다. 소주 한 잔을 털어내며 즉석에서 제사를 지낸다.

'만약, 내일 내가 죽는다면…'

생각에 잠긴 채 집으로 돌아오는 길, 망포역 앞 터널을 지난다. 오렌지색 조명 아래 나는 자문한다. 나, 죽음을 품고 살아간다면 뜨겁게 살아갈 수 있을까. 나, 죽을 듯 살아간다면 맛있는 사람이 될 수 있을까. 죽도록 발버둥 치기엔 내 다리는 고작 두 개뿐이다.

마른 사과

발매된 지 오래된 음원에서 싱싱한 노랫말이 흘러나온다. 냉장고 한구석을 오래도록 차지하고 있던 마른 사과에서 싱그러운 과즙이 새어 나온다. 노랫말이 건조해지지 않도록 디지털 세상에 저장하는 것처럼, 사과가 완전히 메마르지 않도록 냉장고에 보관하는 것처럼 우리도 우리네 감정을 보관하기 위한 내면의 냉장고 하나 즈음 가지고 있어야 한다. 그런 의미에서 우린 아마도 웃음을 영원히 간직하고 싶은 마음으로 사진을 찍는 걸지도 모르겠다.

하기야 나만 하더라도 그렇다. 내 방 책장 위 투명 아크릴 액자 속엔 여행지 사진들이 꽂혀 있다. 삼봉 앞에서 수줍게 우산을 들고 있는 난 언제나 천진난만한 얼굴이다. 안필드(Anfield) 관중석 앞에서 리버풀 머플러를 번쩍 들고 있는 난 언제나 상

기된 표정이다. 텐구(Tengu) 산 로프웨이 정상에서의 난 무척 추워 보이지만, 추위에 진저리치는 것 같진 않다. 수년이 흘러도 사진 속 얼굴에서는 당시의 감정이 뚝뚝 흘러나온다. 시절의 미소가 한 움큼 새어 나온다.

시간이 흘러 사과의 표면이 건조해지는 것도, 세월이 지나 인간의 기억이 흐릿해지는 것도 어쩔 수 없는 자연의 섭리다. 인간은 자연법칙을 거스를 수 없지만, 마냥 손 놓고 바라만 보는 존재도 아니다. 역사 속에서 우린 싱그러운 감정 하나 품기 위해, 그 감정을 후대에 물려주기 위해 많은 노력을 해왔다. 그들처럼 우리도 우리네 감정을 보관할 수 있다면 얼마나 좋을까. 우리네 감정을 보관하고자 노력한다면 얼마나 좋을까. 그게 사진이 되었든, 영상이 되었든, 아니면 이렇게 글이 되었든 자기만의 냉장고 하나 만들어 자신을 보관하는 삶은 그것만으로도 마른 삶이 아닐지도 모른다.

돼지고기 김치찌개

집에 아무도 없던 어느 날, 혼자서 저녁을 해결하기로 했다. 평소 같았으면 대충 끼니를 때웠을 텐데 그날따라 왜인지 모르게 요리를 해 먹고 싶었다. 집에 뭐가 있나 냉장고 안을 뒤적였다. 아래 칸 냉동고에 먹다 남은 돼지고기 한 덩이가 있다. 배추김치도 많겠다, 돼지고기 김치찌개를 끓여 먹기로 한다.

유튜브에 돼지고기 김치찌개 레시피를 검색했다. 가장 조회 수가 높은 '백종원의 요리 비책' 영상을 틀어 놓고 김치찌개를 따라 끓이기 시작한다. 우선 프라이팬에 김치와 돼지고기를 볶으려고 했으나 영상에서는 그럴 필요가 없단다. 백종원이 말하길, 돼지고기 김치찌개를 끓이는 데 있어 중요한 건 냄비에 물과 돼지고기만 넣고 살덩어리가 물러지도록 10분 이상 푹 끓여내는 과정이라고 했다.

요알못인 나보다 요리 연구가의 말이 맞겠지, 하며 돼지고기를 볶지 않고 먹기 좋은 크기로 잘라 바로 냄비에 넣었다. 얼마 지나지 않아 물이 팔팔 끓더니 육수 위로 기름기가 둥둥 떠올랐다. 백송원의 지시에 맞춰 김치와 야채를 썰어 넣었다. 중간중간 고춧가루를 넣으며 간을 맞췄다. 국물이 걸쭉해질 때까지 푹…. 돼지고기 김치찌개 완성! 식탁에 받침대를 깔고 냄비를 올렸다. 찌개 국물을 한 숟가락 퍼서 입에 넣었다. '어, 이 맛이 아닌데.' 다시 한 숟갈을 펐다. 흰쌀밥에 국물을 비벼 입으로 가져왔다. '응? 이게 아닌데!'

'다른 이'의 레시피를 보고, '내'가 끓인 돼지고기 김치찌개의 맛은 '아빠'가 끓여준 찌개 맛과 사뭇 달랐다. 집에서 먹는 김치찌개 맛은 이게 아니라는 걸 스무 해 넘도록 익숙해진 혓바닥이 기억하고 있었다. 나도 모르는 사이, 김치찌개의 기준이 잡혀있던 것이다.

식탁 앞에 앉아 그런대로 맛을 흉내 낸 김치찌개를 먹으며 이런 상상을 했다. 만약 내가 좋은 인연과 만나 자식을 낳게 된다면, 오늘 끓인 돼지고기 김치찌개의 맛이 그에게는 하나의 기준이 되는 것이 아닐까 하는 상상. 그렇다면, 나는 앞으로 더 자주 김치찌개를 끓여 먹어야겠다고 생각했다. 몇 년 간은 더 맛깔난 찌개를 끓여낼 수 있도록 연습하고 싶어졌다. 내가 끓인 찌개 맛이 누군가에게 오래도록 기억될 하나의 기준이 될 수 있단 생각에.

향으로 지르는 비명

예초기 돌리는 소리가 들린다
뒤이어 향긋한 냄새가 난다

아프다 말 못 하는 잡초들이
향으로 비명을 지른다

육신은 죽어 악취를 내고
잡초는 죽어 향기를 낸다

더이상 퍼 올릴 물 없고
더이상 흘릴 눈물 없는 잡초 더미

고통 짙은 초록 내음으로
일순간 퍼지는 여름 냄새

바이러스도 쉽사리 뚫지 못하는 마스크 속으로
신속하게 스며드는 죽음 냄새

새끼손가락으로 코 후비듯
깊숙하게 파고드는 죽음 냄새

아이에게 떠먹이는 밥숟가락처럼
코앞까지 들이미는 죽음 냄새

얼마나 많은 힘을 주어야 하는 것이냐고

노란색 플라스틱 노끈을 맨손으로 잡아당긴다. 노끈을 끊어내자 손가락 끝마디가 쓰라리다. 발갛게 달아오른 손을 보고 생각한다.

이 얇은 노끈을 끊어내는 데도 손아귀에 꽤 많은 힘을 주어야 하는데, 인연의 끈을 끊어내는 데는 얼마나 많은 힘을 주어야 하는 것이냐고.

이 얇은 노끈을 끊어내는 데도 이렇게 살갗이 쓰라린 데, 인연의 끈을 끊어내는 데는 얼마나 많은 아픔을 참아야 하는 것이냐고.

인간관계에서 가위나 칼 같은 손쉬운 도구를 사용할 수 있으면 좋으련만, 내게 있어 관계를 정리하

는 일은 질기고 질긴 노끈을 맨손으로 뜯어내는 일
이다.

단칼에 잘라낼 수 없어 애써 잡아당기는 일. 그
러다 결국 손바닥을 스친 노끈에 생채기가 나는 일.

엿가락처럼 매끈하게 똑 부러지면 좋으련만, 노
끈을 잡아당기면 당길수록 미세 섬유조직처럼 여러
가닥으로 갈기갈기 뜯긴다.

인연의 끝은 언제나 이렇게 엉성하고 조잡하다.

괜찮아, 다음 버스 타면 돼

외근 후, 모처럼 일찍 퇴근하는 날이다. 집으로 한 번에 가는 광역 버스를 타기 위해 2호선 지하철을 이용해 강남역으로 갔다. 지하철에서 내리기 전, 스마트폰 앱으로 버스 도착 예정 시간을 확인했다.

3분 24초, 2번째 전 (여유)

집 앞에서 내릴 수 있는 버스가 곧 도착이다. 게다가 잔여 좌석도 널널하다. 희망 고문과도 같은 시간, 3분! 부리나케 달려가면 버스를 탈 수 있을 것만 같다. 나는 지하철 문이 열리자마자 총성에 반응하는 육상 선수처럼 쏜살같이 튀어 나갔다. 사람들 사이를 헤집고 좁은 계단을 올라가고, 몸을 재빠르게 반으로 접어 개찰구를 빠져나갔다. 강남역 5번

출구를 향해 지하도를 질주했다. 마지막 관문인 에스컬레이터를 두 칸씩 뛰어오르며 지상으로 올라왔다. 횡단 보도를 건너기 위해 건널목 앞에 선 순간, 버스 정류장을 무심히 지나가는 빨간색 광역 버스 한 대. 서울은 뛰어도 느린 곳이다.

에스컬레이터에서는 걷거나 뛰지 마십시오.

그동안 배경 음으로 흘려보낸 안내 방송이 귓가를 맴돈다. 평소 에스컬레이터를 이용하다 보면 오른쪽은 가만히 서서 올라가는 줄, 왼쪽은 걸어서 올라가는 줄이라는 게 이용자들의 암묵적인 규칙이란 걸 알 수 있다. 왼쪽 줄에서 가만히 서 있으면, 대개 사람들은 뒤에서 헛기침을 하거나 "실례합니다." "잠시만요." 와 같은 말을 내뱉고 비켜주기를 기다린다. 더군다나 인파가 몰려드는 출퇴근 시간에는 오른쪽 줄에서도 부지런히 발을 굴려야 할 때가 허다하다. 걷거나 뛰지 말아야 할 공간에서 걷거나 뛰는 사람이 되려 티를 내는 상황. 서울은 가만히 있기엔 눈치 보이는 곳이다.

정류장에 앉아 숨을 고르며 땀을 식힌다. 다음 차량을 기다리며 친구에게 작게 하소연한다.

"눈앞에서 버스 놓쳤어."

"괜찮아, 다음 버스 타면 돼."

돌아온 친구의 대답에 뒤통수를 맞은 듯 아차 싶다. 평소보다 일찍이 퇴근하는 날인데도, 나는 뭐가 그렇게 급했던 걸까. 어떤 이유에서 사람들을 밀쳐 가면서까지 에스컬레이터 위를 뛰어다녔던 걸까.

친구야, 네가 머무는 공간은 걸어도 빠른 곳이길 바라. 친구야, 네가 사는 공간은 걸어야 마땅한 곳이길 바라. 친구야, 네가 있는 공간은 나 같은 사람이 눈치를 봐야 하는 곳이길 바라.

Texel Island

실은 여행이란 게 떠나는 행위라기보다 돌아오는 행위에 가까운 것일지도 모른다. 이륙보다 착륙에 어울리는 일, 떠오름보다 가라앉음에 관한 일. 나는 매끄럽게 착륙하고, 무탈하게 가라앉기 위해 여행의 마지막 일정을 이 섬에서 보내기로 했다.

여행의 막바지, 암스테르담에서 기차를 타고 네덜란드 북쪽 덴 헬데르로 향했다. 역에서 내려 페리 타는 곳으로 이동했다. 매표소에서 섬 왕복 티켓을 끊고 선착장에 들어섰다. 큼지막한 선박에 몸을 실었다. 페리 내부 선실에 카페가 있다. 커피를 한 잔 주문한다. 바닷바람을 맞으며 여유를 부려볼 요량이었지만, 덴 헬데르에서 텍셀 섬까지는 15분도 채 걸리지 않는다. 여유는 얼어 죽을… 뜨거운 커피를 급히 들이마셨다.

텍셀 여객 터미널에 도착했다. 캐리어를 끌고 섬의 내륙 안으로 들어갔다. 섬 중간에 위치한 호텔에 도착해 체크인 절차를 밟았다. 직원은 호텔 이용 수칙을 설명해 주면서, 자전거로 섬 전체를 여행하기 좋다고 한다. 내겐 자전거가 없다고 하자, 그녀는 호텔에서 대여할 수 있다고도 한다. 나는 짐을 풀고 나와 자전거 이틀치를 빌렸다. 대여료는 하루에 8유로로 저렴한 편은 아니었다.

자전거를 타고 도로 위를 달렸다. 한여름임에도 동유럽 대륙보다 위도 상 위쪽에 있는 텍셀 섬은 바람이 제법 선선했다. 기분 좋게 바람을 마주하며 텍셀 비치로 가는 길은 자전거를 타기에 더할 나위 없이 좋았다. 호텔 직원이 내게 8유로를 받자고 호객을 한 것이 아니었다. 누군가의 호의에 의심부터 품은 날 자책했다.

한적한 길 옆으로는 키보다 큰 옥수수밭이 펼쳐져 있다. 바닷가에 가까워질수록 얼굴로 짠내 가득한 바람이 불어온다. 모래알이 점점 작아지는 걸 보니 해변에 가까워진 듯 하다. 이곳 사람들은 자전거를 애용하는지, 해변 입구를 따라 길게 늘어선 거치

대에 자전거로 빽빽하다. 나는 빈자리에 자전거를 세워 두고 해변으로 들어가는 언덕길을 올랐다. 작은 모래 언덕을 넘어가는 순간, 영화 《노킹 온 헤븐스 도어》의 한 장면이 떠올랐다. 두 남자 주인공이 바다를 마주하기 위해 걸었던 길목이다. 그들처럼 나도 여정의 마지막에 바다를 마주하기 위해 길을 나섰지, 하며 고객을 끄덕였다.

해변에 들어서자 바다를 바라보는 곳에 식당이 하나 크게 있다. 식당으로 들어가 파스타를 하나 주문했다. 식당 바닥은 나무 데크도 없이 바로 모래사장이다. 슬리퍼를 벗어 맨발로 모래를 만지작거린다. 식당 앞엔 간이 네트가 설치돼 있다. 네트를 사이에 두고 둘이면 둘, 넷이면 넷 서로 짝을 지어 공을 주고받는 모습이다. 저 앞에선 비치볼을 가지고 바다를 향해 슛을 때리는 소년들이 보인다. 왼발 킥 궤적이 범상치 않다. 과연, 아르옌 로벤의 나라다.

바다 구경, 사람 구경을 하며 식사를 마쳤다. 오늘은 우중충한 날씨에 가려 해지는 모습을 보지 못할 것 같다. 아직 기회는 한 번 남았다. 자전거를 끌고 숙소로 돌아왔다. 1층 식당 옆에 딸린 바에서 홉향 가득한 텍셀 생맥주를 마셨다. 제주 에일처럼 이 섬을 대표하는 맥주가 아닐까. 맥주잔을 챙겨 야외 공터로 나왔다. 둥글고 편평한 그네에 걸터앉았다. 상체를 완전히 뒤로 눕히고 멍하니 하늘을 비리봤다. 먹물 먹은 한지처럼 어둠이 느리게 하늘로 퍼지고 있다. 그네에 몸을 맡기고 섬 바람에 나를 허락했다. 이 섬은 차분하게 여행을 마무리하기에 적절한 곳이다.

옆에서 공차는 소리가 들린다. 초등학생 고학년 정도 돼 보이는 아이가 작은 축구장에서 혼자 볼을 차고 있다. 그네에서 내려 친구에게 다가갔다.

"나랑 같이하지 않을래?"

아이는 수줍은 듯 고개를 가볍게 끄덕이며 내게 공을 넘겨준다. 한국에서 볼을 차던 솜씨를 외국 아이에게 뽐내본다. 그는 이방인의 패스를 척척 받아낸다. 서로 실력을 파악하고는, 상대가 받을 수 있을 만큼의 강도로 패스를 주고받는다. 이마에 송골송골 땀이 맺힐 때 즈음 멀리서 들려오는 호통 소리. 어머니로 추정되는 아주머니의 단호한 호출에 아이는 내게 급히 인사를 건네곤 건물 안으로 들어가 버렸다. 공을 품에 안은 채 서둘러 뛰어가는 뒷모습을 보자 싱거운 웃음이 삐져나왔다. 엄마를 무서워하는 건 어딜 가나 똑같구나. 다소 미지근해진 맥주를 마저 마시곤 방으로 돌아왔다. 샤워를 하고 침대에 눕자 졸음이 몰려온다. 어린 친구의 묵직한 패스처럼 잠이 강하게 밀려온다.

이튿날도 자전거를 타고 마을 길을 나선다. 어제와 다르게 청명한 하늘이다. 하늘의 움직임을 따라 섬의 중심부로 들어갔다. 점심으로 무얼 먹을까, 식당가를 둘러본다. 등신대의 카우보이 모형이 세워진 가게 앞에 멈춰 섰다. 테라스에 자리를 잡고 메뉴를 살펴봤다. 치킨 윙과 '코로나' 맥주를 주문했다. 머지않아 식당 직원은 '콜라' 병을 따서 테이블 위에 올려놓는다. 내가 주문한 건 콜라가 아니라 코로나라고 말하자, 멋쩍은 미소를 지으며 다시 병맥주를 가져다줬다. 주방에서 콜라를 벌컥벌컥 들이마시며 내 구린 발음을 욕했을지도…….

소소한 치맥으로 배를 채우고 식당을 나왔다. 이

번엔 내가 직원에게 어색한 미소를 건넸다. 식당가 근처에 기념품 상점이 많다. 주변을 기웃거리다 간판에 귀여운 양 그림이 그려진 가게로 들어갔다. 여러 기념품 중에서 흰 양들 사이에 검은 양 한 마리가 그려진 에코백을 샀다. 메고 있던 크로스백에 에코백을 꼬깃꼬깃 접어 넣었다. 다시 자전거에 올라타 정처 없이 섬 곳곳을 누볐다. 갈증이 날 때면 노점상에서 생수 하나를 사 목을 축였다. 해변 방향이 적힌 나무 팻말을 따라가다 보니 어제와 같은 입구에 도착했다. 구석에 자전거를 세워 두고 해변으로 걸어 올라갔다.

맑은 날씨 덕분인지 어제보다 가족 단위의 관광객이 많다. 많은 이들이 파라솔 안에 누워서 먼바다를 응시하고 있다. 북해의 표면은 선명하게 빛난다. 해변엔 윤슬만큼 빛나는 눈동자로 가득하다. 꼬마아이들은 여러 가지 모양의 통으로 모래성을 만들고, 커다랗지만 순해 보이는 개들은 목줄도 없이 주인과 해변을 뛰놀고 있다. 난 슬리퍼를 한 손에 든 채로 모래사장을 한가로이 걸으며 그들의 빛나는 순간들을 건너다보았다. 에코백 속 검은 양이 마치

지금 내 모습 같았다.

　어디선가 기름 냄새가 풍겨 온다. 고소한 내음을 좇아 발걸음을 옮긴다. 해변 입구 옆으로 감자튀김 가게가 보인다. 가게 주변 사람들 손엔 한결같이 감자튀김이 하나씩 들려 있다. 가게로 들어가 감자튀김 작은 사이즈를 주문했다. 계란판 비슷한 용기에 뚱뚱한 튀김이 수북하게 쌓여 나왔다. 튀김 옆으로는 케첩 대신 마요네즈가 듬뿍 뿌려져 있다. 하이네켄 작은 캔은 덤! 한 손엔 감자튀김을, 다른 한 손엔 맥주 캔을 들고서 인적 드문 해변으로 갔다. 금방 맥주 한 캔을 비워냈다.

　숙소 밖을 나선 지 몇 시간이 흘렀지만, 해가 지려면 아직 멀어 보인다. 해를 피할 곳이 마땅치 않다. 먼 쪽 해변 한가운데에 기다란 나무판자가 꽂혀 있다. 그 뒤로 몸을 숨기면 햇빛을 피할 수 있을 것 같다. 가까이 가보니 판자 너비도 딱이다. 몸을 눕힐 모래밭을 평평하게 고른다. 입고 있던 긴 팔을 벗어 모래 위에 깔고, 에코백을 넣어 푹신해진 크로스백을 베개 삼아 누웠다. 햇빛은 판자에 의해 둘로 쪼개

진다. 일정하고 차분한 파도 소리가 들려온다. 기분 좋은 나른함이 나를 덮친다.

잠깐 눈을 감고 떴는데 1시간이 훌쩍 넘어가 있었다. 석양은 어느덧 오늘 하루 비행을 마치고 착륙을 준비하고 있다. 하늘에 서서히 번지는 주황을 바라본다. 이번 유럽 여행의 장면들이 스친다. 돌이켜보면 《노킹 온 헤븐스 도어》의 러닝 타임처럼 짧은 여행이었다. 때로는 영화 내용처럼 다소 허술한 여행이기도 했다. 말이 통하지 않아 곤경에 빠진 적도, 기차를 타기 위해 무거운 캐리어를 품에 안고 달린 적도, 같은 신세의 여행자에게 상처 입은 적도 있었다. 비좁은 캡슐 호텔 안에서 극도의 불안을 느낀 순간도, 무방비 상태에서 소낙비를 만난 순간도, 창피해서 얼굴을 들기조차 힘든 순간도 있었다. 이 외에도 내가 미처 알아차리지 못한 실수들도 있을 것이다. 여행을 잘해보려 애쓰면 애쓸수록 전체적으로는 허둥지둥한 모습을 자주 보였다.

여행의 장면들을 뒤로한 채 석양이 진다. 눈앞으로 조금씩 가라앉는 붉은 태양과 북해의 푸른 파도가 마치 태극 문양처럼 조화를 이루고 있다. 광활한 자연을 마주하고 있자니 진땀을 흘리던 순간들이 그저 아무 일도 아니었던 것처럼 느껴진다. 불덩어리가 바다에 녹아드는 사이, 불덩이를 삼킨 바다는 파도로 연신 트림을 한다. 하늘에는 주황 대신 옅은 다홍이 그 색을 대신하고 있다. 영원히 이 장면을 마주하고 싶다. 늘 이런 노을빛으로 여행을 마무리할 수 있다면, 나는 매일 실수하며 여행하겠다. 매일 이런 풍경을 마주할 수 있다면 쓰디쓴 독주도, 시디신 레몬도 얼마든지 삼킬 수 있을 것만 같다.

우리가 만약 지나온 세월을 되돌아보았을 때 짧게 느껴지지 않는 순간이 있을까. 지난 여행을 되돌아보았을 때 후회되지 않는 순간이 있을까. 과연, 여행의 마지막 밤이 아쉽지 않을 때가 오긴 할까. 아마도 우린 이 아쉬움 덕분에 다시금 여행길에 오르는 걸지도 모르겠다.

삶이 하나의 여행인 것처럼 오늘의 태양도 진다. 여행의 쓴맛도, 인생의 신맛도 모두 지나갈 일이다. 보내고 싶지 않던 북해의 석양이 저물듯, 흘러가지 않을 것 같던 시절도 모두 지나간다. 오늘 저녁, 고개를 들어 하늘을 바라보자. 저것은 태양의 몰락이

아니다. 하늘을 바라보는 당신 내면의 심지에 불을
지피고 있는 것이다. 오늘의 실수를 웃어넘겨 보자.
어차피 지나간 일이고, 태양은 지기 마련이니까.

기억이 저장되는 방식

기억은 두 가지 방식으로 저장된다. 하나는 보고듣고 느끼는 모든 것들을 당시의 기억 그대로 저장하는 것이고, 다른 하나는 그 기억들이 자는 동안 머릿속에서 기억의 퍼즐을 맞추는 것이다. 전자는 강렬하고, 후자는 집요하다. 그래서 당신이 잠든 사이, 제 스스로 맞춰지는 퍼즐 조각에 의해 기존의 기억은 잠식되고 만다. 처음의 기억은 희미해지고, 조각된 기억으로 재배열되어 삶 속에 방치된다.

흙길을 자처하는 여행가

신발을 막 대하는 편이다. 발을 보호해 주는 고마운 녀석이지만, 그 외관이 더러워지는 것에 신경 쓰지 않는다. 오히려 신발이 얼룩지는 걸 즐기는 편에 가까운데, 그래서 하얀색 신발을 좋아한다. 더러워지는 과정을 가시적으로 확인할 수 있어서다. 비가 오거나 눈이 내리는 날이면, 흰색 나이키 에어포스를 신고 외출한다. 하늘에서 액체가 떨어지는 날에는 거리를 걷는 것만으로도 신발이 쉽게 더러워진다. 그동안 새 신 티를 벗지 못했던 신발은 하루 사이 꼬질꼬질하게 변한다. 특히 신발 앞 코가 얼룩지는 경우가 많은데, 풀 내음을 맡으려고 잔디밭에 코를 비빈 강아지 같다.

집으로 돌아와 신발을 벗으며 미소 짓는다. 아침과는 다르게 제법 더러워진 모습이다. 여기저기 때가 묻었지만, 여전히 튼튼하게 발을 지켜주는 신발이 기특하다. 그렇게 묵묵히 자신의 소임을 다하는 것들에 대해 생각한다. 신발 까짓것, 더러워도 걷는데 아무 지장 없다. 더러워져도 좋다. 더러워져서 좋다. 앞으로 더 더러워지자. 더 때 묻은 사람이 되자. 나는 더러워지기 위해 걷는 사람이다. 나는 흙길을 자처하는 여행가다.

택시 안에서의 묘한 기류

혼자서 택시를 타게 되면 주로 앞좌석에 앉는다. 동행이 있을 땐 뒷좌석에 타지만, 혼자 탈 땐 왠지 앞자리에 타는 게 예의인 것 같아서다. 다만, 앞자리에 탑승하는 것이 혼자서 속으로 기사님에게 표하는 최소한의 예의이지, '당신의 이야기를 들어줄 의향이 있다.' 라는 의사 표현은 아니다.

하지만 높은 확률로 많은 기사들은 말을 걸어온다. 아니, 자신의 이야기를 일방적으로 한다. 절친한 친구와의 술자리에서나 털어놓을 법한 푸념을 처음 보는 사람에게 토로하는 것이다. 승객을 신부로 착각한 듯, 자신의 과거 행적을 풀어놓는 고해성사의 자리로 여기는 모습이 썩 좋게 느껴지지 않는다.

관계에 관하여 심신이 모두 지쳐있던 시절의 나는 택시 기사의 이야기를 들어줄 여유도, 여력도 없었다. 그때 내 마음속 신호등 불빛은 언제나 빨간색이었다. 그런 내 심정을 알 리 없는 그들은 빨간 불을 무시하고 선을 넘어왔다. 범법 대화 행위를 저지른 그에게 과태료를 부과하고 싶지만, 정작 돈을 내야 하는 건 손님인 바로 나였다. 아무런 관련 없는 그들의 자식 자랑, 정치 성향을 듣고 있자면 차라리 카페에서 들려오는 시시콜콜한 대화가 더 낫겠단 생각이 든다. 제아무리 건성으로 대답해 봐도, 심지어 자는 척 눈을 감아봐도 새벽에 틀어 둔 라디오처럼 일방향 음성이 끊이지 않는다.

이야기만 구구절절 늘어놓으면 그래도 괜찮다. 그들의 연륜 있는 말속에서 타산지석으로 삼을 부분이 분명 있기 때문이다. 하지만 여기서 문제는 자신이 늘어놓는 이야기에 심취하여 가야 할 길을 제대로 가지 못한다는 것이다. "아차, 길을 잘못 들었네?" 와 같은 추임새는 더더욱 최악. 그래 봐야 택시비가 얼마 더 나오진 않겠지만, 승객 입장으로 택시에 탑승한 나로서는 옆자리를 날카롭게 흘겨볼 수밖에 없다.

택시 안에서의 기류는 언제나 묘하다. 그들의 이

야기에 장단을 맞춰주기 시작하면, 미터기의 말처럼 도저히 멈출 줄을 모른다. 그대로 아우토반 위를 달리는 초고속 택시가 된다. 한 번은 친구와 함께 택시를 타고 이동하던 때이다. 뒷자리에서 친구와 사적인 대화를 나누고 있는데, 갑자기 기사가 대화에 껴들기 시작한다. 자신이 운전하는 데 누군가 갑자기 깜빡이를 켜지 않고 택시 앞으로 끼어들었다면 그의 반응은 어땠을까. 남들 대화에 서슴지 않게 끼어든 그는 우리의 기분이 그 상황과 전연 다르지 않다는 것을 모르는 걸까. 친구와 슬쩍 눈을 마주치고는 "아, 예. 예." 하며 대화에 급브레이크를 밟았다.

일방적인 대화에는 항상 배려가 결여되어 있다. 그런 대화 방식을 가진 사람을 만나면, 일방통행 길에서 역주행하는 차량을 맞이한 기분이다. 경적을 울리며 물러나라고 말해야 할 사람은 나인데, 되려 건너편 상대가 화를 내는 것만 같다.

장시간 운전 노동으로 피로한 그들에게 승객은 단순한 손님이 아닌 말동무로 느껴질지도 모른다. 그럼에도 택시에 탑승한 손님 또한 그와 별반 다르지 않은 상황이란 것을 알아줬으면 좋겠다. 택시를 타고 이동할 만큼 바쁜 하루를 시작하거나, 택시를 타고 귀가할 만큼 고된 하루를 보냈다는 사실을 조금은 알아줬으면 좋겠다.

갈 데가 있어서요

누구에게나 첫 여행의 기억이 있다.
한 사람의 초석을 다져 준 여행이 있다.

내 첫 여행은 스무 살 신입생 시절, 관광학개론
강의에서 비롯되었다. 수업의 기말 과제는 학우들
과 조를 편성하여 여행을 다녀오는 것이었다. 조원
들끼리 여행지를 정해 그곳의 관광 명소나 지역 특
산물을 경험한 후, 여행기를 발표해야 했다. 아마도
교수님은 함께 여행을 떠난 친구들과 사이가 더욱
돈독해지길 바라는 듯했다. 2학기임에도 아직 신입
생 티를 벗지 못한 나는 누구와 같은 조를 해야 할
지 걱정했다.
다음 주까지 네다섯씩 조를 짜서 오라는 교수
의 말에 주변이 웅성웅성했다. 선배들은 선배들끼리,

1학년은 학기 동안 친해진 무리끼리 조를 이루기 시
작했다. 조급한 마음도 잠시, 다행히 마음 맞는 친
구들이 있어 그들과 자연스레 한 조를 이루게 되었
다. 속으로 안도의 한숨을 내쉬었다. 반면, 옆에서
는 여유로운 모습으로 웃고 떠드는 선배들이 보였
다. 저들은 어떤 여행지를 고를지 궁금했다. 우리
조는 다음 강의 시간까지 각자 여행지를 준비해오기
로 했다.

컴퓨터 화면에 우리나라 전도를 띄어 놓았다. 성
인이 되어 친구들과 만리포 해수욕장을 놀러 간 것
이외에 여행 경험이 전무했던 나로서는 여행지를
어디로 골라야 할지 막막했다. 특별히 가볼 만한 명
소가 있는 도시는 어디인지, 기막힌 특산물이 있는
지역은 어디인지 지도를 한참 동안 뚫어져라 쳐다
보았다.

문득, 두 가지 여행 테마가 떠올랐다. 첫 번째 테
마는 식도락 여행. 당시 나는 수원 맛집 블로그를
운영해 보겠다며 장학금으로 카메라까지 장만하고,
음식에 관심을 가지던 시기였으므로 자연스럽게 타

지역의 음식도 접해보고 싶어졌다. '안동 찜닭, 안동 간고등어, 안동 소주, 안동 헛제삿밥….' 게다가 안동에는 전국 3대 빵집 중의 하나가 있다고 하니, 그곳은 먹거리 천지일 것만 같았다.

두 번째 테마는 홀로서기. 다른 조와 여행지가 겹치지 않음은 물론 남들과 다른 여행을 해보고 싶었다. 조를 편성하여 여행을 다녀오라고 했지만, 무조건 조원이 함께 다녀야 한다는 조건은 없었다. '홀로서기' 테마는 고등학생 때 즐겨보던 예능 프로그램에서 참고했다. <1박 2일>에서 멤버들이 각자 다른 여행지를 다녀온 후 한곳에 모이는 콘셉트로 여행을 떠난 적이 있었다. 다른 조에서는 한 곳의 여행지를, 기껏해야 두 곳의 여행지를 소개할 것 같았다. 나는 우리 조가 안동을 중심으로 하여 그 주변까지 아우를 수 있는 여행을 다녀오면 어떨까 상상했다.

다음 강의 시간, 조원들에게 의견을 전달했다. 두 가지 테마를 설명하며 2박 3일 일정으로 여행을 다녀오자고 어필했다. 대부분 월요일이 공강이었던 친구들은 내 여행 계획에 긍정적인 반응을 보였다. 우리 네 명은 모두 다른 지역에서 하룻밤을 보낸 후, 이튿날 안동에서 접선하기로 했다. 내친김에 앉은 자리에서 안동 주변 지역을 탐색했다. 친구들은 각각 영월, 충주, 제천을 선택했다. 나는 충북 단양이었다.

발표 2주 전, 여행을 떠났다. 수원에서는 단양 직행 시외버스가 없었다. 제천에서 단양으로 가는 버스로 갈아타야 했다. 제천 버스터미널에서 내려 단양행 버스표를 끊었다. 버스 시간이 남아 터미널 앞에 있는 국밥집을 갔다. 타지에서 홀로 끼니를 때우는 건 처음이었다. 결과는 완뚝!

단양에 도착했다. 터미널에서 도보 15분 거리에 있는 고수동굴을 첫 번째 행선지로 정했다. 어쨌든 이 여행은 과제의 탈을 쓰고 있었기 때문에, 관광 명소 방문을 소홀히 할 수 없었다. 동굴 안은 예상 외로 따뜻했다. 계단을 오르내리며 과학 교과서에서만 보던 동굴 내부를 구경했다. 고드름처럼 천장에 매달려 있는 종유석과 바닥에서부터 올라온 석순이 동굴 내부에 가득했다. 어느 구간에서는 이 둘이 만날 듯 말 듯, 석주가 되기 직전의 모습으로 시간이 멈춰 있었다. 이 동굴 생성물에 붙여진 이름은 천지창조. 그렇다면 이 생경한 천지를 창조한 것은 누구일까.

한 바퀴 코스를 모두 돌고 밖으로 나왔다. 종유석을 따라 흐르는 물처럼 등줄기를 타고 땀이 흘러내린다. 11월 초의 쌀쌀한 날이었지만, 좁은 동굴 안을 백팩을 멘 채로 헤집고 다닌 탓이다. 초겨울 하늘엔 땅거미가 빠르게 내려앉았다. 주변에서 저녁을 해결하기 위해 동굴 앞 식당으로 들어갔다. 단양은 더덕이 유명하다고 해서 더덕구이 정식을 먹고 싶었지만, 혼자선 가격대가 부담스럽다. 대신 비교적 저렴한 산채 정식을 주문했다. 횟집에서 볼 법한 비닐 테이블보 위로 갖가지 반찬이 차려졌다. 열 가지 산채 나물에 도토리묵, 더덕 무침, 된장국까지. 푸짐한 한 상차림이다. 특히 더덕 무침으로 자주 젓가락이 갔다. 꿩 대신 닭이라고, 더덕구이 대신 무침이라도 잔뜩 먹고 싶었던 모양이다. 밥 한 공기로는 여러 반찬의 공세를 이겨낼 수 없어 하나를 더 시켰다. 두 그릇을 싹싹 비워냈다. 주인 할머니는 그 모습이 예뻐 보였는지, 어린 친구가 혼자 여행하는 게 기특하다며 한 공기 값은 받지 않았다.

첫 혼자 여행의 숙소는 찜질방이었다. 시내 부근에서 따뜻하게 몸을 녹인 후, 수면실에 몸을 뉘었다. 하지만 처음 와보는 낯선 여행지에 답답한 수면실 공기까지 겹쳐 쉽사리 잠들지 못했다. 친구들은 어디서 자고 있을까, 나처럼 밤잠을 설치고 있진 않을까 걱정이 됐다. 몇 푼 아끼고자 게스트하우스에 가지 않은 것을 후회했다. 불편한 잠자리는 새벽까지 계속되었다. 간신히 잠이 들었지만, 얼마 지나지 않아 눈이 떠졌다. 몸을 일으켜 미지근한 탕으로 들어갔다. 한참을 늘어져 있다 밖으로 나와 주섬주섬 옷을 챙겨 입었다. 옷을 입는 동안 살갗에 스치는 공기가 퍽 서늘했다. 카운터에 탈의실 키를 반납하고 꾸겨 신은 신발을 고쳐 신고 있을 때, 신발장 앞의 구두닦이 할아버지가 내게 말을 걸어왔다.

"아직 새벽이라 추울 텐데, 어딜 그렇게 일찍 나가요."

"아… 갈 데가 있어서요."

어스름이 남아있는 새벽길을 하염없이 걷기 시작했다. 자동차의 서치라이트가 무심하게 나를 스쳐 지나간다. 입김이 보였다 사라지기를 반복한다. 서광이 조금씩 그 모습을 드러낼 때쯤 도착한 도담삼봉. 이른 새벽 밖으로 몸을 내민 건 나뿐만이 아니었는지, 이미 제법 많은 사람이 삼봉 앞에 모여있었다. 그들 또한 어디 가냐는 가족의 물음에 갈 데가 있어, 라는 퉁명스러운 대답을 남겼을지도 모른다. 그들은 일출을 어디로 담아 가려는 건지 삼각대를 줄지어 세워놓고 사진 삼매경에 빠져있다. 몇 번 셔터를 누르고는 세 개의 봉우리처럼 삼삼오오 모여 도시락을 까먹는다. 허기진 배 때문인지, 친구들 생각이 나서인지 뒤에서 그 모습을 한참 바라보았다. 외로이 떠 있는 바위 하나처럼 자그마한 내 모습이 강가에 비쳤다. 머리 위로 천천히 볕이 내려앉았다.

그날 점심, 안동으로 내려가는 무궁화호 열차에 올랐다. 충주와 제천에서 넘어오는 친구들은 이미 열차에 타고 있었다. 학교에서 매일 보던 얼굴인데 이렇게 반가울 수가! 여행지에서 느끼는 감정은 왠지 복잡미묘하다. 반가움은 이내 편안함으로 바뀌었다. 우린 기차 의자를 돌려 마주 앉아 어제 있었던 이야기를 주고받았다. 열차는 안동에 도착했지만, 이야기는 쉽게 멈출 줄을 몰랐다.

우리는 안동역 건너편에서 모텔 방을 잡았다. 가방을 벗어던지고, 찜닭 골목으로 발걸음을 재촉했다. 안동찜닭 골목은 수원 통닭 거리처럼 간판만 달랐지, 모두 비슷비슷해 보이는 가게들이 늘어서 있었다. 어느 집으로 들어가야 맛있게 먹었다고 학교까지 소문이 날까! 개중에서 유독 달짝지근한 냄새를 풍기는 곳이 있다. 발길이 이끄는 대로 아니, 후각이 이끄는 대로 가게 문을 열고 들어갔다. 안동찜닭 대짜에 40도짜리 안동소주를 시켰다. 널따란 접시에 찜닭이 가득 담겨 나왔다. 홀로서기 테마를 무사히 마쳤으니 이제부터는 식도락 여행이다. 살코기 한 입, 소주 한 잔, 국물 한 숟가락, 단무지 하나. 소주가 목에 착착 감긴다. 그렇게 연거푸 세 잔을 마시자 양념이 잘 밴 당면처럼 몸이 늘어졌다.

적당한 취기로 나른해진 몸을 끌고, 찜닭 골목 근처에 있는 <안동소주 전통음식 박물관>으로 향했다. 안동소주의 역사를 살펴보면서 과제 발표용으로 실을 사진을 찍었다. 박물관 안내원은 전통 소주를 시음해 보라며 옛날 과자와 함께 상온의 소주를 내어준다. 도자기로 된 소주잔에 반 정도를 따랐다. 겁 없이 미지근한 액체를 삼켰다. “콜록, 콜록” 오히려 술이 깨는 경험을 했다.

숙소로 돌아오는 길에 맘모스 제과점에 들러 빵을 사 먹었다. 구 시장에서는 안동 식혜를 한 통 샀다. 교수님이 안동에 가면 꼭 먹어보라고 했던 식혜다. 숙소로 돌아와 식혜 통을 열어봤다. 일반 식혜와는 다르게 김칫국물처럼 색이 붉었다. 잘게 썰린 무가 씹혀 동치미를 연상케 했다. 그 맛은 매콤하면서 시큼했다. 한 모금씩 식혜를 맛본 우리는 인상을 찌푸리며 뚜껑을 닫았다.

알고 보니 안동 식혜는 무가 잔뜩 들어있어 소화 기능을 도와준다고 한다. 과식으로 체하기 쉬운 잔칫날이나 명절 상에 빼놓지 않고 올라가는 안동 지방의 향토음식이라는 것. 먹거리가 풍부한 지역에서 그 후환까지 대비한 음료를 만든 것이다. 참으로 식도락에 어울리는 여행지다.

그날 밤엔, 충주에 다녀온 친구가 냉장고에서 사

과 막걸리를 꺼내왔다. 사과가 유명한 충주에서 우리와 함께 마시기 위해 사 왔다고 한다. 종이컵에 막걸리를 따라 한 잔 들이켜자 사과 향이 그윽하게 퍼졌다. 지난밤 잠을 설쳤던 나는 취기보다 졸음이 먼저 몰려왔다. 화장실을 다녀오는 길에 침대 위로 몸을 던졌다. 베개에 머리를 대자마자 눈이 감겼다. 친구들 웃음소리가 아득하게 멀어졌다.

눈을 뜨자 아침이다. 못다 한 잠을 자고 일어나자 허기가 빠르게 찾아온다. 아침으로 안동 간고등어를 먹는다. 짭조름한 생선 살을 흰쌀밥으로 달랜다. 오늘도 역시 두 공기 뚝딱. 두둑해진 배를 부여잡고 하회 마을로 가는 버스에 몸을 실었다. 매표소에서 입장권을 산 후, 한 번 더 셔틀버스를 탔다. 마을 입구에 들어서자 소박한 풍경이 펼쳐진다. 돌담을 사이에 두고 초가지붕과 기와지붕이 멀찌감치 떨어져 있다. 마을 중심부에는 600년도 더 된 느티나무 한 그루가 높이 솟아있다.

고목을 중심으로 마을이 마치 나무줄기처럼 뻗어있다. 골목골목을 걷다 바깥으로 이어진 길목으로 빠져나온다. 우거진 소나무 숲 뒤로 광대한 절벽이 보였다. 강 건너편으로 부용대가 그 위용을 뽐내고 있다. 나룻배를 타고 낙동강을 건너간다. 부용대 위로 올라서자 하회 마을 전경이 한눈에 들어온다. 뿌리줄기 같은 골목길이 마을 곳곳에 뻗어있다면, 강줄기는 마을 전체를 크게 휘감고 있었다.

식도락 여행의 마무리는 하회 마을에서 장식했다. 마을 입구 앞 식당에서 도토리묵, 고추 부추전과 함께 헛제삿밥을 주문했다. 헛제삿밥은 옛 선비들이 자신의 배고픔을 달래기 위해 제사를 지내는 척하고, 제사 음식을 만들어 먹었다는 데서 유래한 음식이다. 차려진 반찬들은 실제 제사상에 올라가는 음식들과 비슷했다. 목기 위엔 쇠고기 산적, 명태전과 같은 각종 전이 올라가 있고, 놋그릇 안엔 고사리, 숙주나물, 시금치, 콩나물 등의 여러 가지 나물이 담겨 있다. 헛제삿밥은 일반적인 비빔밥과는 다르게 고추장이 아닌 간장과 뭇국으로 간을 맞춰야 했다. 홀로서기부터 식도락 여행까지, 무사히 과제 겸 여행을 마친 우리는 마지막 만찬에 동동주를 곁들이며 건배했다.

여행을 다녀온 후, 실제로 친구들과의 사이가 두
터워졌다. 훗날 고학년이 되어서도 종종 옛 여행을
추억하곤 했다. 교수의 바람이 통한 것이다. 나는
단양에서 '홀로서기'를, 안동에서 동행과 함께하는
'식도락'을 배웠다. 더불어, 이번 여행을 통해 홀로
낯선 타지를 걷는 두려움과 설렘을 처음으로 느낄
수 있었다. 그때는 몰랐다. 내가 혼자서 떠나는 여행
을 즐기게 될 줄을. 그때는 몰랐다. 내가 맛있는 음
식을 맛보기 위해 머나먼 여행길에 오르게 될 줄을.
그렇게 나는 첫 여행의 기억으로, 나라는 사람의 초
석을 다지게 된 것이다.

2부
감정의 모행성

Kodak Film

미세 플라스틱처럼

오래도록 사라지지 않는 감정이 있다

투박하게 단어를 썰어갈 뿐

거짓을 조리 있게 말하지 못한다. 진심을 무심히 툭 내뱉는 편에 가깝다. 그래서 쉽게 오해를 산다. 그 대가로 멋쩍은 웃음을 판다. 요즘엔 더 자주 그랬다. 적절한 단어를 찾지 못하는 날이 많아졌다. 누가 그러라고 시킨 것도 아닌데, 적절한 위로를 건네지 못하고 적절한 대화 주제를 찾지 못한 나를 책망했다. 이렇게 오늘도 웃음을 팔고 돌아온 난 책상 앞에 앉아 투박하게 단어를 썬다. 맨손으로 문장을 비빈다. 손맛으로 포장된 비위생적인 문장이 아니길 바라면서.

장마가 오는 사이

1

파라솔 같은 우산 쓴다고 비를 피할 수 있는 게
아니고
투명한 비닐우산 쓴다고 앞이 보이는 게 아니다

피해 봐야 피해지는 것 없고
보려 해도 볼 수 있는 것 없으니
차라리 비 좀 맞으며
세상을 조금 더 편하게 대하고 싶다

가랑비에 옷 젖는 줄 모른다지만
가랑비라도 내릴 것만 같아 우산을 챙긴다
가랑비쯤은, 하는 마음 품어야 할 텐데

품자, 해서 품을 수 있는 게 아니니
품었다, 하고 품어버리는 게 나을지도 모르겠다

2

장마가 오는 사이 나는 울었고 장마가 지나간 사이 나무는 기울었다

우산마저 도망간 새벽, 나를 반겨주는 건 25시 김밥집뿐

그곳에 들어가 김밥 한 줄 사 먹으면, 하루를 한 시간 더 살 수 있을 것 같아 꾸역꾸역 김밥을 삼킨다

장마가 지나가자 나무는 울었고 나는 목이 멨다

장마가 오는 사이 나는 무엇을 했을까 장마가 오는 사이 우리는 무엇을 해야 했을까

3

당신은 그 시절을 가장 아름다웠다고 생각합니다. 당신이 가장 아름다웠다고 여기는 시절을 함께 했습니다. 매년 같은 여름이 찾아올 줄 알았습니다. 하지만 이듬해 여름은 작년과 달랐습니다. 그다음 여름도 말이죠. 선유도 공원의 꽃들은 종류도, 색깔도 모두 바뀌었습니다. 장대비로부터 우리를 지켜주던 정자는 중심이 좀 더 패었습니다.

누군가 가장 아름다웠던 시절을 함께한 사람은 대체 어떤 죄를 지은 걸까요. 호시절을 영원히 간직할 수 있다고 착각한 죄일까요. 어제는 비가 내렸지만, 오늘은 햇살이 비친다는 걸 예측하지 못한 죄일까요. 그때의 우산이, 지금의 양산이 되어주지 못한 죄일까요.

몇 년이 지난 현재 모든 게 바뀌었지만, 그해 여름 유독 많은 비가 내렸 사실은 변치 않을 겁니다. 높아진 수위를 더이상 감당할 수 없습니다. 이제는 당신의 호시절을 놓아주려 합니다. 당신과의 추억을

한강 위로 흘려보냅니다. 그저, 그해의 강수량으로
남은 미련한 추억입니다.

4

출퇴근 시간에만 비가 와서 어쩔 수 없이 들고
나온 우산을,

하는 수 없이 달랑달랑 손에만 들고 있는 이 우
산을,

비가 자꾸 와서 진짜 필요한데 그전까지 거슬리
기만 하는 이 우산을,

이게 뭐라고 자꾸 쳐다보게 되고 귀찮고 싫어하
고 버리고 싶다가도 챙길 수밖에 없는 이 우산을,

아,

내가 우산 같은 사람이면 어떡하지.

무뎌지지 않도록

글쓰기란 '나는 누구인가?' 하는 물음에 답하는 것이다. 허공에 부메랑을 던지고 다시 잡아내야 하는 자문자답이다. 흰 종이 위로 부메랑을 던지는 것, 스스로 던진 명제를 스스로 풀어내는 것. 글 쓰는 사람은 본인이 출제위원이자 수험생이다.

시험 기간은 따로 정해져 있지 않다. 생애 전체가 시험 기간이고, 삶 자체가 숙제다. 그런 순간이 삶을 이루게 되면, 매 순간 긴장의 끈을 놓칠 수 없게 된다. 달리기를 하다가도 단상이 떠오르면 그 자리에 멈춰 선다. 거친 숨을 몰아쉬며 급한 대로 녹음기에 대고 혼잣말을 하거나, 휘발돼가는 감정을 아이폰 메모장에 끄적이곤 한다.

나는 왜 글을 쓰기 시작했을까, 왜 글로써 감정을 표현하게 되었을까. 성인이 되어서부터 20대의 끝자락에 서 있는 지금까지 오래도록 고민해 온 주제다. 글쓰기에 순간순간을 할애하기 시작한 데는 여러 이유가 있을 테지만, 스스로 내린 잠정적인 결론은 10대 시절 형성된 자아에 있다는 것이다. 나는 초중고 학창 시절을 거치는 동안 내면의 감정에 집중하지 못하고, 외부적인 상황에 의해 더 많이 휘둘렸다. 자아가 형성되는 시기에 내가 아닌 남으로부터 거대한 영향을 받아 온 것이다. 수년간 형성된 내면의 자아는 '언제나 눈치를 보는 사람' '내 감정보다 상대의 기분이 더 중요한 사람'이 되어 있었다. 혼자서 의사결정을 내려야 하는 시기가 찾아왔을 때, 딱딱하게 굳어버린 자의식이 타인과의 관계를 맺는 데 있어 배타적인 방어기제를 자주 내비치곤 했다.

대학생이 되어서는 누군가 앞에서 말을 해야 하는 상황이 두려웠다. 입학 전부터 남들과 어울리지 못할 거란 생각에 사로잡혔고, 실제로 강의실 구석자리에 혼자 앉아있다가 강의가 끝나면 바로 집에 가는 버스를 타는 게 일쑤였다. 애써 사람들과 마주하는 환경 자체를 만들지 않으려고 노력했다. 그럼에도 사람을 아예 만나지 않고는 대학 생활을 이어갈 수 없어 종종 모임을 가지게 되었다. 반강제적인 조별 활동에 참여 하고, 엠티를 떠나면 술자리 한구석을 차지하곤 했다. 그런 곳에서 주저 없이 자신의 의견을 드러내는 사람을 보며 신기해했고, 마음껏 웃고 떠들며 자리를 즐기는 사람들을 보며 어쩜 저렇게 활기찰 수 있을까 부러워했다. 남들과 비교하면 할수록, 내 행동거지는 점점 더 소심해졌다. 말과 표정은 더욱 어색해졌고, 자연스레 말수가 줄어들었다. 끝내 말로써 감정을 표현하는 게 무서워졌다. 그때부터인 것 같다, 글쓰기에 시간을 할애하기 시작한 것이. 물론 글로도 감정을 잘 녹여내진 못하지만, 말로 감정을 표현하는 것보다는 아무래도 마음이 편했다.

게다가 나는 긴장을 잘하는 편이다. 한 사람 앞에서도 속 얘기를 꺼내거나 의견을 내비칠 때면, 입술을 떨고 말을 더듬는다. 한때는 이런 내 모습을 미워했다. 그 증상이 심해졌을 땐, 자기혐오에 빠지기도 했다. 말을 잘하지 못한다는 사실을 늘 의식하고 있기 때문에, 상대방과 대화를 하면서도 대화 내용보다 말하는 내 모습을 살핀 적이 많다. 더 유창하게 말하고 싶어서, 달변가처럼 보이고 싶어서, 심지어는 유식하게 보이고 싶어서 애쓰곤 했다.

이게 끝이 아니다. 나는 노파심도 많아 이 말을 해야 하는지, 하지 말아야 하는지 오랜 시간 고민한다. 장고 끝에 악수를 두듯이 고민 끝에 뱉은 말이 외려 가시 돋친 말이기도 했다. 고무줄처럼 팽팽하게 늘어났던 고민을 놓아버리자 더 빠르게, 더 아프게 상대방을 가격한 것이다. 사과조차 제대로 건네지 못한 채 집으로 돌아온 날에는 늦은 시간까지 잠을 설치곤 했다. 잠 못 드는 밤이 잦아질 때면, 차라리 말을 아끼는 편이 낫겠다 싶어 입을 다물게 되었다. 그렇게 침묵이 익숙해졌다(이런 생각조차 필요 이상의 걱정일지도 모르지만).

남들 눈치 보고, 쉽게 긴장하고, 걱정 많은 성격은 글을 쓸 때도 고스란히 나타났다. 글은 수정이 가능하다는 말로 문장을 쉽게 대하고 싶지 않았다. 나는 '글 쓰는 나'가 '말하는 나'보다 신중하길 바랐다. 내게 말이란 뾰족한 형상이다. 촌철살인, 말 한마디로 상처를 주거나 정곡을 찌르기 때문이다. 그런 면에서 보면, 난 뾰족한 수가 없는 사람일지도 모른다. 오래 쓴 연필처럼 마음의 심이 무뎌진 사람이려나.

나는 나의 영원한 난제다. 나는 나의 영원한 딜레마다. 시험장 밖을 박차고 나가지 않고는, 이 영원의 굴레에서 벗어날 수 없다. 어쩌면 그것이 삶에서 해방될 유일한 방법일지도 모르지만, 나는 끝까지 이 난제를 붙들고 있으려 한다. 외줄 위에서 끊임없이 중심을 잡는 곡예사처럼, 공에서 한시도 눈을 뗄 수 없는 페널티킥 앞 골키퍼처럼 나는 연필을 놓지 않으려 한다.

고요가 내려앉은 밤, 오늘도 난 숙제를 풀기 위해 연필을 쥔다. 떠오르는 생각들을 적어내다 연필심이 뭉툭해지면 더는 무뎌지지 않도록 조금씩, 자주 그 끝을 깎을 것이다. 그리고 다시 연필을 쥐어, 흰 종이 위에 '나는 누구인가?'에 대한 답을 적어낼 것이다.

미완

　살아가며 포기할 것도, 양보할 것도 많다. 생업이란 이유로 의견을 굽혀야 하는 경우도 숱하게 많다. 하지만 어째서일까 포기하고, 양보하고, 의견을 굽힐수록 나 자신은 작아져 간다. 반면, 마음의 허들은 높아만 간다. 매번 자신의 기록을 깨야 하므로 자기 검열이 점점 심해진다. 결국 허들은 넘을 수 있는 선이 아닌, 넘을 수 없는 벽이 된다.

　내게 있어 허들의 높이를 낮추는 방법은 내면의 감정을 적어내는 것이다. 현실 속에서 나는 생각을 숨기는 데 익숙하지만, 글 속에서만큼은 고집을 한 번 부려보기로 한다. 무겁게 쌓아둔 감정을 덜어내면, 심신이 한결 가벼워지지 않을까 하는 마음으로. 가벼워진 몸으로 높아진 허들을 넘을 수 있지 않을까 하는 기대감으로.

미완의 삶을 살아가는 우린, 매 순간 완벽해지기 위해 노력한다. 하지만 알고 있지 않은가. 정보의 홍수 속에서 세상의 모든 정보를 알 수 없단 것을, 무한히 팽창하는 우주의 끝에 절대로 다다를 수 없단 것을. 지식에는 한계가 있고, 우리가 살아가는 공간은 무한정 넓다. 말하자면, 이 세상은 애초부터 완벽이란 개념과 어울리지 않는다는 것이다.

결국 지금 우리가 할 수 있는 건, 자신만의 공간을 만들어가는 것, 자신만의 사랑을 찾아 떠나는 것, 자신만의 글을 쓰는 것이 아닐까. 우리 모두 우주먼지 같은 존재이지만, 바람에 흩날리기엔 무거운 심장 하나 가지고 있지 않은가. 우리, 마음 속 먼지들을 뭉쳐 보자. 우리, 덩어리가 되자. 당장 어젯밤의 글도 다시 읽어보면 부족하기 짝이 없다. 그래도 키보드 위 삭제 버튼에서 손을 떼자. 넉넉한 마음으로 지난밤의 나를 눈감아주자. 생각해 보면, 마음의 허들을 높여가는 건 남이 아니라 자기 자신일지도 모른다. 우리는 우리 자신에게 좀 더 허술해질 필요가 있다.

이렇게 나는 글을 쓰며 마음속 허들의 높이를 한

칸 낮춰 본다. 덜어낸 감정의 글들은 세상의 수많은 단어와 섞여 평생을 바다에서 표류할 것이다. 파도에 이리저리 치이고, 폭풍우도 맞이할 것이다. 나의 뾰족한 문장들이 여러 풍파를 만나 깎이고 해지길 바란다. 그렇게 조금은 둥그레진 모습으로 이 글을 읽는 당신 마음 한 켠에 아프지 않게 가닿길 바란다.

어떤 계절을 살아가는 걸까

더위를 핑계로 우린 서로 멀어졌다 추위를 핑계
로 두꺼운 외투 아래 감정을 숨겼다

더위를 마다하고 얼굴을 마주하던 날은 지나갔
다 추위를 이겨내기 위해 몸을 가까이하던 날도 사
라졌다

더울수록 땀을 섞고 추울수록 입김을 나눴던 너
와 나 이제 우리 사이의 온도는 어떠할까

여름과 겨울 우리는 어떤 계절을 살아가는 걸까

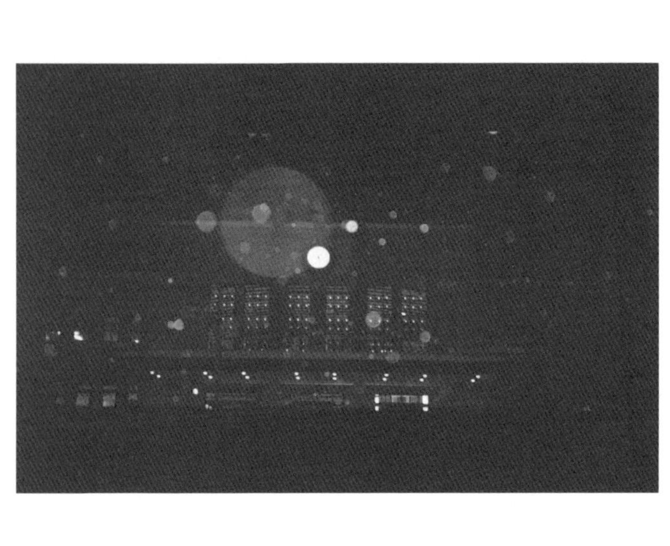

小型のりば
TAXI

폭설

눈이 내린다 잿빛 하늘에서
하얀 눈이 내린다

바닷물의 염분을 낮추려는 듯
펑펑 쏟아진다

머리에 눈이 쌓인다

머리 위로 쌓이는 눈
손으로 털어내면 그만인 것

저 멀리 보이는 무인도의 눈은
대체 누가 치워줄는지

눈 그친 지 며칠인데

저 섬은 여전히 백발이다

밑 빠진 고독

내가 느끼는 나의 고독은 밑 빠진 고독이다. 밑 빠진 독처럼 안을 채우지 못하고, 자꾸만 새어 나온다. 심보선 시인은 자신의 고독이 가짜 고독은 아닐까 하는 의문을 가졌다. 얼음 녹은 커피처럼 옅어지는 생에 의문들을 품곤 했다.

검은 물이 더 묽어지기 전, 나 또한 고독에 의심을 품어본다. 나의 고독은 고개 들지 못하는 고독, 언제나 연결된 고독, 꺼지지 않는 고독, 시선으로 완성되는 고독, 느리지 않은 고독, 완성을 바라는 고독, 위안을 받기 위한 고독, 고독을 위한 고독이다. 가짜 고독으로 인해 진짜 고독은 점차 자리를 잃어간다.

우리는 고독마저 사치인 세상을 살아가고 있는 걸까. 고독에 잠기는 시간마저 아껴야 하는 시대일까. 대체 누가 인간의 심심함을 훔쳐 간 걸까. 도둑맞은 고독은 어디서 찾을 수 있을까. 스쳐 지나간 눈빛 속에, 흘겨 넘긴 문장 속에, 스킵 해버린 화면 속에 고독의 실마리가 있을까. 쉽지 않다. 하긴, 언제 고독이 쉬운 적이 있었나.

혼자만의 철학

홀로 떠나간 사람은 흰 구름 뒤로 사라진다. 홀로 남은 사람은 방안에 앉아 창밖의 검은 구름을 바라본다.

모기 한 마리가 방안을 날아다닌다. 윙윙 소리가 돌아다닌다. 반면 날개 잃은 새벽이 적막하다. 날개 잃을 생명체가 방안을 가득 채운다.

어둠에 손을 허우적거려도 잡히지 않는 소리. 보이지 않는 적막이 거듭될 때면, 우울함이 습관이 될까 두려워진다.

혼자만의 철학을 만들어내던 어느 새벽엔 니체가 된 듯한 착각에 빠지곤 한다. 그러나 내겐 신은 죽었다며 망치를 꺼내 들 용기가 없다. 나는 어린아이가 아니다. 사자도 아니고 심지어 낙타도 아니다.

밤이 깊어갈수록, 망치 대신 스마트폰을 꺼내 암흑 속으로 침잠한다. 작고 네모난 화면이 유일한 탈출구인 듯, 의미 없는 불빛만 바라보며 애꿎은 눈을 괴롭힌다.

그렇게 눈먼 사람이 되어 창문 틈새로 들어온 아침 햇살을 보지 못했다. 그렇게 귀먹은 사람이 되어 아침 새들 지저귀는 웃음소리를 듣지 못한 것이다.

팔짱 낀 사람

평소 팔짱 끼고 있는 사람은 방어적이라 하던가. 두 팔 사이 공허를 참지 못하는 사람이라 하던가. 그것도 아니면, 누구도 들어서지 못하게끔 마음의 대문 굳게 잠근 모습이라 하던가. 팔짱 풀어 손을 툭 내려놓는 건, 대낮에 현관문 활짝 열어놓고 외출하는 것만큼 불안하다. 불안함에 어찌하지 못하고 다시 집으로 발걸음을 돌린다. 양팔로 자물쇠를 잠근다. 문 걸어 잠근다고 도둑 들지 않는 것 아니고 문 열어 둔다고 사람 들어오는 것도 아닌데, 꽁꽁 잠근 자물쇠 고리가 녹슬어간다. 집 안 환기하듯 팔짱을 살짝 풀어본다. 오갈 데 없는 두 팔이 안절부절 어쩔 줄 몰라 한 대도 힘주어 참아본다.

추억이 나를 감는다

무채색 바탕화면 속, 방치된 여행 사진 폴더 하나. 폴더 속에 담긴 옛 필름 사진들을 들춰 본다. 여러 사진 중 유독 한 도시의 풍경들에 시선이 멈춘다. 리에그로비 사디, 블타바 강, 카를교….

여행의 몇몇 장면을 떠올리며 추억을 감아본다.

1. 리에그로비 사디(Riegrovy Sady)

내가 머물던 한인 민박 앞엔 공원이 하나 있었다. 공원 이름은 리에그로비. 어느 날, 저녁 일정을 마치고 숙소로 돌아오는 길이었다. 해가 지고 있는 모습을 발견하곤, 그대로 공원 쪽으로 발길을 돌렸다. 공원 입구에서 보이지 않던 인파들이 잔디밭에 모여 있었다. 경사진 잔디 위엔 대자로 누워있는 사람, 돗자리를 펴고 일행과 등을 마주한 사람, 투명한 플라스틱 잔에 맥주를 마시는 사람 등 공원에 모인 사람들은 저마다 일몰을 마주하기 좋은 자세를 취하고 있었다. 나는 언덕진 공원에 자리를 잡고 앉았다.

프라하의 갈색 지붕을 은은하게 비춰주던 석양이 지평선 너머로 사라지고 있다. 프라하 성 옆으로 태양이 모두 사라진 순간, 공원에 있던 사람들이 일제히 박수를 치기 시작한다. 만족스러운 공연을 본 사람들처럼 커튼 뒤로 사라진 태양에 박수갈채와 환호성을 보내는 것이다. 제 할 일을 마친 지구에 보내는 찬사인지, 무사히 하루를 마무리한 자신에게 보내는 칭찬인지 모르겠지만 일몰을 보고 손뼉을 치는 모습이 유난스러워 보이진 않았다.

해가 져도 꽤 오랜 시간 박명의 노을빛이 남아있듯, 환호소리가 멈췄지만 나는 그 자리에 앉아 긴 시간 동안 생각에 잠겼다. 매일 반복되는 현상을 당연시하지 않고 이에 합당한 찬사를 보내는 것, 이런 태도야말로 한국으로 챙겨가야 할 태도가 아닌가 싶었다. 이런 태도야말로 나 자신을 건강하게 지키는 모습인 것 같았다.

2. 블타바 강(Vltava River)

프라하 시내를 가로지르는 강줄기가 있다. 강 위엔 백운호수의 오리배처럼 보트들이 둥둥 떠 있다. 그 모습을 멀리서 바라보면 오리 떼처럼 보이기도 한다. '나도 저거 타보고 싶다!' 구글 검색창에 프라하 보트를 입력해 본다. 카를교 아래에 있는 레기교 근처에서 보트를 대여할 수 있다고 한다!

유럽의 여름은 해가 길고 덥다. 무더운 점심 날씨를 피하기 위해 아침 여행과 저녁 여행, 두 파트로 나눠서 여행을 소화하고 있었다. 오늘의 저녁 여행 일정은 블타바 강에서 페달보트 타기. 나는 숙소 부엌에서 컵라면을 먹으며 야경을 마주하기 좋은 시간대를 기다리고 있었다. 그때, 부엌으로 들어온 한인 민박 스태프가 내게 저녁 일정을 묻는다. 나는 오늘 밤 강 위에서 보트를 탈 거라고 했다. 그녀는 마침 오늘 체크인하는 투숙객이 없어 시간이 뜬다며 동행을 청한다. 혼자인 나로서는 반가운 제안. 게다가 보트는 페달을 굴러 움직여야 했으므로 거절할 이유가 없었다. 스태프와 나, 여기에 한인 민박에서 장기 투숙을 하고 있던 누나도 합류했다.

우리는 시장을 가로질러 카를교로, 카를교에서 블타바 강변을 따라 레기교 쪽으로 내려갔다. 보트 대여소에 도착해 여권을 맡기고 4인용 페달보트를 빌렸다. 무알코올 병맥주도 한 병씩 샀다. 페달보트는 앞의 두 자리에만 페달이 있다. 연장자에겐 뒤에서 편하게 풍경을 즐기기를 권했다. 스태프와 난 앞자리에 앉아 천천히 페달을 굴렸다. 합을 맞춰 페달을 밟다 보니 어렵지 않게 강 한복판으로 보트를 끌고 나올 수 있었다. 목 좋은 위치에서 페달 질을 멈췄다. 카를교와 프라하 성의 조명이 활짝 켜졌다. 하늘의 조도는 조금씩 낮아졌다. 출렁이는 강물 위로 일렁이는 노을이 비쳤다.

뒤에서 누나는 각자 원하는 노래를 번갈아 가며 듣자고 한다. 여행하며 즐겨 듣던 이상은의 '언젠가는'과 검정치마의 'Everything'을 요청했다. 보트 대여 시간 동안 우리는 이렇다 할 대화를 나누지 않고, 프라하의 야경을 차곡차곡 눈에 담았다. 분위기에 취한 건지, 무알코올 맥주에 취한 건지 보트에서 내릴 때 몸이 휘청거렸다.

보트에서 바라본 풍경의 여운이 쉽게 가시지 않았다. 상념에 잠긴 채 숙소로 걸어가는 길, 스태프가 말을 걸어온다. 자신은 1년 전에, 이 한인 민박에서 6개월 동안 일을 했었다고. 작년에 한국으로 돌아갔다, 프라하가 그리워져 몇 주 전 다시 이곳에 왔다고. 하지만 작년에 느낀 설렘은 온데간데없었다고. 자신의 선택이 틀린 게 아닌지 후회하고 있었다고. 그런데 오늘 보트에 앉아 하늘을 바라보는데, 처음 프라하에 왔을 때의 감정을 다시 느꼈다고. 무심하게 털어놓는 그녀의 이야기에 나는 그저 고개를 끄덕일 수밖에 없었다. 1주일 머문 사람을 요동치게 하는 풍경과 2년에 걸쳐 현지에 머문 사람을 움직이게 하는 풍경은 크게 다르지 않은 듯했다.

3. 카를교(Charles Bridge)

어젯밤 술자리에서 누군가 그랬다. 프라하의 진면목을 보기 위해선, 아무도 없는 새벽에 카를교를 걸어봐야 한다고.

선풍기 한 대로 방안의 습기를 이겨내기 힘들었던 나는 새벽에 눈이 떠졌다. 평소 같았으면 잠시

뒤척이다가 다시 잠을 청했겠지만, 문득 지난 저녁의 이야기가 떠올랐다. 모두가 잠들어 있는 새벽, 조용히 셔츠를 걸쳐 입고 길을 나섰다. 복작복작하던 시장통은 고요했다.

이제 막 동이 트기 시작한 시간의 카를교는 수많은 사람들의 하중을 견디기 위해 잠시 쉬는 시간을 가지고 있었다. 카를교 위를 건너는 사람들은 손에 꼽을 정도. 강 위를 돌아다니던 보트도 운행하지 않는 시간이다. 잔잔한 수면 위로 강 건너의 건물들이 비쳐 데칼코마니를 이룬다. '여행엔 고요한 시간도 필요한 법이지.' 다리 위를 유유히 걸으며 홀로 속삭였다. 선선한 바람, 조용한 공기, 찰랑이는 물결. 새벽달마저 넌지시 떠 있는 프라하의 아침은 화려한 야경만큼이나 매력적이다.

날이 금방 밝아왔지만, 여전히 카를교에는 얼마 되지 않은 사람들만이 오가고 있다. 모두 저마다의 이유를 가지고 프라하에 왔을 것이고, 저마다의 사정으로 아침 일찍 카를교를 건너고 있을 테지만, 저 세 사람은 유독 특별해 보인다. 담담한 표정의 신부와 열성적으로 각도를 잡는 사진 기사, 그리고 그 모습을 옆에서 바라보고 있는 신랑. 사진 기사는 자세를 낮추고 무릎까지 꿇어가며 웨딩 스냅사진을 찍는다. 기사의 열정이 갓 떠오른 태양의 열기를 가뿐히 누를 기세다.

지금쯤, 프라하 성을 배경으로 한 신부의 웨딩드레스 사진은 신혼집의 한자리를 장식하고 있을 것이다. 다리 중간에서 그 모습을 바라보면서 작은 로망이 하나 생겼다. 웨딩 사진으로 실내 세트장이 아닌 야외 스냅 촬영을 하고 싶단 로망이….

추억 위로 수북하게 쌓인 먼지를 털어내자 지난 여름의 끈적한 기운이 되살아났다. 필름 카메라는 이런 묘미가 있다. 핸드폰으로 찍은 사진은 쉽게 잊히는데 반해, 필름으로 담아낸 사진은 왠지 모르게 한 장 한 장 오래 기억에 남는다.

이따금 현상소를 찾아 혀를 길게 내밀고 있는 필름을 보면, 시간이란 게 흐르는 것이 아닐 수도 있겠단 생각이 든다. 수년 전의 내 모습과 오늘날의 내가 필름 한 줄에 함께 담겨 있다. 과거와 현재, 현재와 미래가 같은 선상에 위치하고 있는 것이다. 나는 일직선 위에 놓인 과거의 나를 만나기 위해, 미래의 나를 마주하기 위해 앞으로도 계속 필름을 감을 테다. 드르륵, 드르륵, 추억이 나를 감는다.

완주만큼 소중한 것

독서란 다른 세상으로 빠져듦과 동시에 현실 세상에서 도피하는 행위이다. 삶이 살아가는 동시에, 죽어가는 과정인 것처럼.

책을 읽지 않는다고 비난할 수 없고, 삶을 살아내지 않는다고 손가락질할 수 없다. 그것은 단지 개인의 선택에 불과한 것이다. 그 이유가 정녕 '불과'한 이유일지라도.

독서의 목적이 완독이라면, 자신에게 맞지 않는 책이라도 마지막까지 꾸역꾸역 읽어내는 것이 맞다. 이와 달리 독서를 자신에게 맞는 책을 찾아가는 과정으로 여긴다면, 취향에 맞는 문장을 골라내는 재미만으로도 충분한 가치가 있을 것이다.

후자의 시선으로 삶을 바라본다면, 완주는 꼭 중
요치 않다. 삶에는 완주만큼 소중한 것이 있다. 그
사실을 인지하고 목적지로 향하는 과정 속에서, 주
변을 좀 더 살필 수 있는 습관이 생겼으면 좋겠다.

감정의 모행성

감정은 맴돈다. 애인과의 전화를 붙잡고 같은 자리를 빙빙 도는 것처럼 맴돈다. 감정은 감정의 모행성 주위를 공전한다. 감정을 중심으로 감정의 위성이 공전한다. 내 감정의 모행성은 무얼까. 내 감정의 위성엔 이름이 있을까. 감정의 기원은 어떤 감정일까. 감정이 낳은 감정은 어떤 감정일까.

감정은 메아리처럼 돌아온다. 그렇다면 감정이란 건 결국 제자리일까. 궤도를 벗어난들, 부처님 손바닥 안처럼 거기서 거기인 걸까. 내가 느끼는 감정을 네가 그대로 느끼는 것처럼, 우리가 느끼는 감정은 거기서 거기인 걸까.

요즈음 내 감정의 모행성은 외로움도, 슬픔도, 심지어는 고독도 아니다. 그리움이다. 다만, 그리움의 출처가 없다. 지난날의 향수도 아니고, 어떤 공간에 대한 노스탤지어도 아니다. 경험하지 못한 시절에 대한, 경험하지 못한 감정에 관한 그리움이다.

나의 모행성 이름은 그리움, 그리움이 낳은 감정은 후회이다. 자식은 부모를 닮아 미지의 것을 그리워한다. 하지만 후회만큼 덧없는 감정은 없다. 그리움엔 일말의 힘이 있지만, 후회엔 아무런 동력이 없다. 전혀 없다. 불 꺼진 기계다. 하지만 부모가 자식을 어떻게 내칠 수 있겠는가. 자식이 부모를 어찌 버릴 수 있겠는가. 미우나 고우나, 그리움도 후회도 내 안의 여러 감정 중의 한 부분이다 생각하고 품에 안는 것이지.

감정은 영원히 맴돌지만 때로 그 궤도를 벗어날 때도 있다. 궤도를 이탈한 감정은 또 다른 인력을 찾아 유영한다. 우주에는 바람이 없다. 그러니까 동력이 없어도 괜찮다. 누군가가 나를 끌어당기면, 사막 아래로 가라앉으면 된다. 누군가가 나를 밀어내면, 모행성의 영역 바깥으로 벗어나면 그만이다. 감정이 궤도를 이탈한다. 또 어떤 모행성을 찾아 떠돌아다닐까.

방백

왜 우리는 항상 모를까. 왜 우리는 매번 늦을까. 때에 맞게 깨닫는 게, 그게 그렇게도 어려운 걸까.

'돌부리에 걸려 넘어져라. 어쩔 수 없이 너에게 달려갈 수 있게.'

뒤돌아 걸어가는 사람은 가야 할 길을 보지만, 뒤돌아 가버린 이를 바라보는 시선엔 그의 뒷모습만이 아득하다. 왜 우리는 멀어져 가는 뒷모습을 향해 소리치지 못할까. 왜 우리는 떠나가는 사람을 그저 바라만 볼 수밖에 없는 걸까. 떠난 사람은 모른다. 남겨진 사람의 마음을.

'뒤에도 눈이 달렸으면 좋겠어. 목은 180도로 돌아가지 않으니까.'

뒤돌아 가는 사람은 어깨를 잡아주길 바란다. 길 모퉁이에 들어선 순간, 다리에 힘이 풀린다. 이상하게 밥 생각이 난다. 평소에는 거들떠보지 않던 국숫집에 들어가 곱빼기를 시킨다. 음식을 시켜 놓고는 면이 불어 터질 때까지, 눈이 퉁퉁 부을 때까지 눈물을 흘린다. 국물이 짜다. 남겨진 사람은 모른다. 떠난 사람의 마음을.

뒷모습에 소리치지 못하는 난 때늦은 후회를 담아 글을 쓴다. 내가 쓰는 모든 글은 너에게 바치는 글인데, 네게 들리기를 바라며 홀로 외치는 말인데…. 돌아오지 않을 메아리란 걸 알면서도, 저 멀리 산봉우리를 향해 목놓아 부른다. 오직 너에게만 닿지 않는 말들을 내뱉곤 홀연히 산에서 내려온다.

(…) 지금까지 내가 했던 말은 모두 방백이었다.

생일

1

시월 왠지
시린 그럼에도
10이란 숫자가 주는 안도감으로
평온한 시월은 그런 달이다

화투패 속 시월엔 단풍이 찾아든다
위병소 밖 초가을 하늘은 높아만 간다
높아진 하늘 그사이를
무언가로 자꾸 채우려다 지친다
불그스레한 것이 이런 나를
비웃듯 잠시 물들었다 떨어진다

한때인 걸 아는듯한 풍(楓)처럼

멈추면 그만인듯한 풍(風)처럼

잎 따라 내 얼굴도

붉어지는 시월은 그런 달이다

새벽녘 서해에서 새우잡이가 한창인 선원에게

저물녘 유람선 난간에 걸쳐 과자를 치켜든 아이
에게

낮과 밤의 일교차를

걱정해 주고 싶은 그런 달에

나는 태어났다

2

"생일, 뭐 필요한 건 없나요."

무어라도 필요하다고 말하면, 곧장 사줄 것만 같
은 듬직한 친구의 물음.

"아니, 덜어낼 것만 가득해."

덜어낼 것들만 가득해 필요한 게 없다고 말하자, 무엇을 덜어내고 싶은지 묻는다.

"하나만 덜어내야 한다면, 기대하는 마음을 덜어 내고 싶어."
"그거 쉽지 않네."

생일, 내가 세상에 태어난 날이자 부모의 육체에서 벗어난 날. 누군가가 누군가를 덜어낸 날. 올해 생일에는 벗어나고 덜어낼 것들에 대해 떠올려 본다.

3

작년과 올해의 시월은 사뭇 다르다. 작년 생일엔 카카오톡 생일 알림을 꺼두었다. 자존감이 낮아졌다는 이유에서다. 물론 낮아진 자존감이 생일과 무슨 상관이 있겠냐마는, 당시엔 생일 축하 문자조차 내게 큰 부담으로 다가왔다. 일상적인 대화도 수월하지 못했던 내가 어찌 나의 탄생을 축하해 주는 말에, 그에 알맞은 제스처를 취할 수 있었을까. 그렇게 작년 생일은 아는 사람만 아는 그런 날로 조용히 지나갔다.

그렇다고 작년과 올해의 마음가짐이 크게 다르지도 않다. 여전히 높다고 말할 수 없는 자존감과 장담하기 어려운 미래. 그나마 작년과 차이점이 있다면 생일 알림을 꺼두지 않았다는 것. 그럼에도 스무 살 때처럼 드라마틱한 상황은 일어나지 않았다. 이를테면, 관심 있는 여성에게서 오는 생일 축하 메시지와 같은 일들. 그 대신 소중한 인연으로부터 과분한 축하를 받았다.

실은 생일 축하 따위 안 받아도 상관없다. 작년 생일에 적어낸 글에서 그랬듯, 생일이란 누군가가 누군가를 덜어낸 날이다. 그 사람 대신 내가 태어나기 위해서 노력한 것이라고는 전연 없다. 이런 냉소적인 태도를 가진 내게도 생일 축하 문자와 전화, 그리고 나를 찾아와 케이크를 건네주며 축하해 준 사람들이 있다. 그들은 쌀쌀한 마음을 가진 내게 모닥불을 지펴준 사람들이다. 오늘 내 작은 내면의 불씨에 장작 하나를, 장작더미를 놓아주고 간 이들에게

감사를 전한다. 감사가 서툰 사람이라 그 표현이 어
색하지만, 이렇게 감히 감사라는 두 글자를 적어본
다.

4

유월, 시월. 발음이 뭉개지는 달이 좋다. 시월은
내가 태어난 달이라 더욱 좋다.

부스러기

불현듯 뇌리를 스치는 생각들은 스콘과 같다. 스쳐 지나가는 생각을 붙잡아 그대로 종이 위로 옮겨 놓고 싶지만, 손으로 집어 든 순간 바스락하고 부서지고 만다. 생각의 부스러기를 손가락 끝으로 꾹꾹 눌러 담아보아도 그것은 태초의 생각과 형태가 달라져 있다. 얼음을 스친 바람이 냉기를 머금게 되는 것처럼, 생각은 미묘하게 그 모습을 달리하여 종이 위에 나열된 것이다.

돌이켜 보면 이 세상은 모두 부스러기의 합이다. 주위의 모든 것들이 부스러기들로 이뤄져 있다. 걸음은 여정의 부스러기, 들꽃은 야생의 부스러기, 시냇물은 바다의 부스러기, 낙엽은 가을의 부스러기, 빈 가지는 겨울의 부스러기, 그믐달은 밤의 부스러기, 눈물은 장마의 부스러기, 모래알은 지구의 부스러기, 후회는 일생의 부스러기, 하루는 삶의 부스러기, 나는 우주의 부스러기.

손가락 끝에 힘을 줘, 세상 속 부스러기를 종이 위로 옮겨 본다. 세상의 부스러기를 손바닥으로 쓸어 담는다.

우린 모두, 부스러기들로 이뤄져 있다.

퍼즐 조각

"너는 책 내용이랑 완전 다른 사람 같아. 평소엔 이렇게 잔망스럽게 행동하면서, 글 속에선 어쩜 그렇게 얌전한 척을 하니?"

《고민 한 두름》이 출간됐을 무렵, 책을 읽은 친구 중 하나가 내게 말했다.

'글 속의 나'와 '현실의 나'가 다르다.

한동안 나를 잠식한 명제이다. 첫 책을 내고 1년이 지나고 나서야, 비로소 이 명제에 대한 작은 답을 내릴 수 있게 되었다. 결론부터 말하자면, 글 속의 나는 나인 동시에 내가 아니기도 하다. 써내는 글들이 허구라는 건 아니다. 글 속의 나는 현실의 나를 그대로 반영하지 않는다는 것이다. 현세의 나도 본연의 나를 보여주지 못하니까. 잡생각이 많은 난 웬만해선 남들에게 100퍼센트 본모습을 보여주지 않는다. 익숙해지면 친해지기 쉬운 사람이지만, 처음부터 곁을 쉽게 내주는 사람은 아니다. 이러한 성향이 글 속에 여실히 드러난 걸 친구는 느낀 것이다.

글 속의 나는 퍼즐 조각, 현실 속의 나는 퍼즐의 밑 배경이다. 500 피스짜리 퍼즐의 조각 하나하나는 한 사람의 단면을 의미한다. 밑 배경 위에 퍼즐 조각을 모두 맞추고 나서야 하나의 그림을 완성할 수 있다. 어제의 표정이, 오늘의 문장이 한 사람의 모든 것을 대변할 수 없다. 그 모습은 그저 한 개의 퍼즐 조각일 뿐이다. 상대방을 빠르게 알아가기 위해 비슷한 모양의 퍼즐 조각을 억지로 끼워 맞출 순 있다. 하지만 언젠가는, 어디에도 맞지 않는 조각들이 방바닥을 뒹굴고 있을 것이다.

누군가는 조급하게 상대방의 퍼즐을 맞추려 한다. 누군가는 성급한 퍼즐 맞춤으로 인해 상처받는 것이 두려워 자신을 1,000 피스, 2,000 피스로 잘게 조각낸다. 나라는 사람을 쉽게 맞출 수 없도록, 결국 나라는 사람을 나조차 알지 못하도록.

　나는 점점 더 여러 조각으로 나눠진다. 점점 더 많은 퍼즐 조각을 지닌 사람이 되어 간다. 제 위치를 찾기 어려운 조각들이 도처에 흩어져 있다. 내 모습엔 수많은 구멍이 있다. 이제 난 틈이 있는 사람이다. 차라리 틈이 많은 사람이 되고 싶다.

나는 내가 어렵고 가을은 가을이 쉽다

아무에게나 가짜 고민을 털어놓은 후, 누구에게도 털어놓지 못하는 진짜 고민을 안고 돌아온 밤. 어둠을 잃은 아파트 단지 앞 시소에 앉아, 건너편 자리에 과연 누가 앉을 수 있는지 질문해본다.

'나는 내가 어려운데, 날이 갈수록 나를 감당할 수 있을까. 이런 나를 감당할 사람이 있을까. 이렇게 초라한, 세상에 문을 닫은 내게 먼저 문을 열어줄 사람이 있을까. 문을 여는 순간, 불길이 덮칠 걸 알면서도 화염 가득 찬 방문을 누가 열 수 있을까. 완만한 사람끼리의 인연도 쉽지가 않은데, 모나고 모난 내 모습을 누가 받아줄 수 있을까. 내 말투는 갈수록 날카로워지는데, 대화로 인한 생채기를 견딜 수 있는 사람이 과연 존재할까. 무해한 사람이 되고 싶지만, 내 존재 자체가 유해한 사람이진 않을까. 아무것도 하지 않는다면 무해한 사람이 될까. 이런 착각조차 유해하진 않을까. 그것보다 나는 나에게 가장 유해한 사람이 아닐까.'

놀이터 앞으로 단풍나무가 보인다. 저 나무는 그 누구도 해치지 않을 것만 같다. 때가 되면 저 혼자 잎을 꺼내고, 때가 되면 스스로 색을 바꾼다. 때가 되면 욕심 없이 자신을 내던지고, 봄이 찾아올 때까지 벌거벗은 몸으로 한 시절 추위를 견딘다. 흐르는 강물처럼 살아가는 인생, 계절에 몸을 맡기는 인생은 아직 내게 머나먼 삶의 방식. 여전히 나는 내가 어렵고 가을은 가을이 쉽다.

3부

우린 국경선을 밟지 않고 국경을 넘었다

12월 31일에 내리는 첫눈은

올해의 첫눈입니까 마지막 눈입니까

저는 당신의 처음입니까 마지막입니까

모기향

모기향은 둥글게 타들어 가며 삶을 마감합니다. 자신을 불태워가며, 한 줌 재를 만들어내며 제 자신의 수명을 다합니다. 죽음을 중심 삼아, 중심을 향해 천천히 나아갑니다. 애석하게도 끝까지 타들어 간 운명은 드뭅니다. 중간에 가지 꺾인 생애가 수없이 많습니다. 똑, 딱, 끊어지기 쉬운 삶이지요. 단절된 삶은 또 다른 불씨가 이어갑니다. 중심축으로 가까워질수록 죽음엔 가속도가 붙습니다. 잡초처럼 살갗을 깎아 향을 내뿜습니다. 그 향은 제게 여러모로 도움이 됩니다. 이제 모기향은 본연의 모습으로 돌아갑니다. 엄마 배에 있을 때의 자세를 취합니다. 여름밤에 피워 둔 모기향이 어느덧 한 바퀴도 채 남지 않았습니다.

깡통을 타고 날으며 2

1-4

　최근 이별을 겪은 친구가 이번 주말 오이도에 다녀오자고 한다. 나는 진저리를 치며 그 제안을 거절했다. 수인 분당선을 타고 오가면 금방 다녀올 수 있는 곳이지만, 그땐 그게 몹시 번거로웠다. 매일 왕복 4시간 거리를 통근하면서도 주말에 잠깐 물회 한 그릇 먹고 오자는 게, 왜 그렇게 귀찮았던 걸까. 주중에 소모된 체력을 주말 동안 충전하고 싶었던 걸까.

　시흥이나 의정부로 짬뽕 한 그릇 먹고 오는 시간을 미루지 말라던 시인의 말이 떠오른다. 나 자신을 타이르지 못하는 요즈음, 누군가의 이별 소식을 듣고 누군가를 위로해 주는 일이 부담으로 다가

왔을지도 모른다. 생각해 보면, 이별을 겪은 친구도 제 자신을 타이르기 위해 그저 바다 내음 한 번 맡고 싶었을 뿐일 텐데, 그 작은 부탁을 단칼에 거절한 것이 오래도록 마음에 걸린다.

2-2

누나의 문자 내용에 난데없이 눈물이 고인다. 다행히 사람들 북적이는 1호선이 아니고, 신도림으로 가는 2호선 지하철 안이었다. 눈물이 왈칵 흐를 뻔한 이유는 "너 메뉴 선택 잘하잖아." 이 한마디 때문. 평소와 별다를 것 없는 카톡 내용이었다. 누나는 내게 퇴근 후 집에서 저녁을 시켜 먹자 했고, 나는 무엇이 먹고 싶은지 물었다. 그녀의 대답은 다음과 같았다. 네가 메뉴를 골라 달라며, 네가 메뉴 선택을 잘하지 않느냐고, 네가 시킨 건 다 맛있더라, 와 같은 내용….

아무것도 할 수 있는 게 없다고 느낀 퇴근길이었다.

3-1

유월의 어느 월요일, 월요병이 퇴근길까지 이어진다.

"월요병 포에버!"

블랙 팬서의 시그니처 포즈를 취한 채로 만원 지하철에 올라탄다. 바짝 붙은 어깨들 사이에서 꼼짝달싹하지 못한다. 턱밑까지 손을 치켜들고 멍하니 앞을 응시한다. 이어폰을 꽂고 창밖을 바라보는 남자가 보인다. 저 사내는 어떤 노래를 듣고 있을까. 고단했던 하루를 위로하는 그의 퇴근 송은 무엇일까.

"집으로 돌아가는 길에…"

그 순간, 내 이어폰에서 구슬픈 목소리가 흘러나온다. 정말이지 집으로 돌아가는 길에 듣는 집으로 돌아가는 길. 내일은 정말 좋은 일이 생길까. 나에게도 그런 자격이 있는 걸까. 오늘 나의 퇴근 송은 김윤아의 'Going Home'이다.

3-4와 4-1 사이

시선을 떨군 채 지하철을 탔다. 옆 사람과 다른 칸에 몸을 싣게 되었다. 한 발자국의 차이였다. 버튼을 누르고 옆 칸으로 넘어가지 못했다. 한 발 다가가지 못하고, 먼발치에서 목적지만을 곱씹었다. 나는 번번이 그랬다. 당신이 어디에서 내리는지 모른 채, 그렇게 지나쳐버린 것이다. 칸과 칸 사이에서, 당신을 놓쳤다.

5-3

지하철 안에서 우산 세 개를 들고 있는 사람을 봤다. '세 개씩이나' 들고 있다고 적어내려다 어떤 사연이 있는지 몰라 세 개라고 적는다. 맏언니인 그녀는 미처 우산을 챙기지 못한 동생들을 위해 마중을 나가는 중일 지도 모른다. 우산 아니고 다른 무언가를 세 개 들고 있었더라도, 함부로 생각의 선을 넘지 말아야겠다고 생각했다. 혼자서 상상의 나래

를 펼치는 건 개인의 자유이지만, 누군가를 향한 판
단의 날개를 펼 땐 그에 따른 결과까지 생각해야 하
지 않을까.

6-2

엘리베이터 문이 열린다. 다시 집으로 들어간다.
가스 밸브를 제대로 잠갔는지 점검한다. 방 창문
을 꼭 닫았는지 재차 확인한다. 다시 집 밖을 나서는
데, 이상하게 발걸음이 무겁고 마음 한구석이 찜찜
하다.

유독 부산스러운 아침 출근길이다. 지하철역으
로 가는 버스를 탄다. 주머니에 손을 찔러 넣는다.
'아, 에어팟!' 불길한 예감은 언제나 틀린 적이 없구
나. 께름칙한 기분의 원인이 에어팟의 부재라면 한
편으론 다행이지만, 길고 긴 출퇴근 시간에 이어폰
이 없다는 것은 꽤 심심한 하루를 각오해야 했다.

그런 생각도 잠시, 지하철역에 들어선 순간 평소
에 듣지 못한 소리가 들려온다. 개찰구를 지날 때

삐거덕거리는 쇳소리. 에스컬레이터에서 흘러나오는 안내 음성, 브레이크 밟으며 들어오는 귀 찢는 듯한 지하철 굉음, 깡통 속을 가득 메운 무거운 침묵, 마스크 사이로 새어 나오는 거친 숨소리, 다음 정차역과 내릴 방향을 알려주는 성우의 목소리.

도시에서 도시로 이동하는 사이, 도시가 내는 소리를 들었다. 그동안 심심함을 핑계로 놓치고 사는 것들이 많았다. 불길한 예감은 언제나 틀리지 않는다. 예감은 예감일 뿐이다. 그 불안을 대하는 태도의 문제였던 것이다.

7-1

지하철 옥외 광고가 눈에 들어왔다. 완독 지수를 강조하는 전자책 브랜드는 100이란 숫자에 가까워지기 위해 노력하는 것 같다. 문득, 완독 지수가 기대수명처럼 느껴진다.

완독 지수가 높은 책이라 해서, 나 또한 그 책을 끝까지 읽을 확률이 높을까. 기대수명이 높아졌다

해서, 나 또한 평균 수명까지 살 수 있을까 하는 의구심이 든다. 내가 살아가는 사회는 움직이는 에스컬레이터 위에서도 걷지 않으면 뒤처지는 시대다. 속도에 속도를 더해 살아가야 하는 시대인 것이다. 언제는 속도를 강조하더니 이젠 완주를 강조한다. 100미터 달리기가 주 종목인 선수에게 느닷없이 풀코스 마라톤을 출전하라는 꼴.

종이책에서 전자책, 전차책에서 오디오북. 시대가 변하면서 독서하는 수단과 방식도 바뀌고 있다. 이러한 세태 속에서, 나는 책이라는 매체가 완독이라는 부담으로 느껴지지 않았으면 좋겠다. 그저 수많은 문장 속에서, 자신만의 문장을 찾아낼 수 있기를 바란다. 그리고 그 문장을 자주 곱씹어 보기를 권한다.

야속한 여름

　　며칠 전까지 담장을 수놓았던 능소화 줄기가 듬성하다. 일주일 사이 꽃잎은 담장 아닌 길바닥에 가득하다. 카메라 세례를 받던 능소화는 이제 신발에 걷어차이고 자동차 바퀴에 뭉개진다. 동경의 대상이 하찮은 존재로 추락하기에 너무나도 쉬운 세상이다. 꽃은 항상 펴있어야 하는가! 대상은 같아도 대상이 어디에 있는지에 따라서 그 대상을 대하는 태도가 달라진다. 꽃은 항상 웃고 있어야 하는가! 비단 꽃만의 이야기는 아닐 것이다. 오늘은 만개한 여름꽃보다 낙엽에 마음이 간다. 이제 막 여름이 왔는데, 왜 벌써 지나 싶다. 야속한 여름이다.

새벽을 거닐다

해가 지고 식물들이 잠든 시간 새벽은 말이 적다
서서 잠든 벼 위로 미풍이 스친다

새근새근 내뱉는 숨소리가 안온하다 모두가 잠
든 시간에만 은은히 풍기는 것들이 있다

낮엔 어쩔 수 없이 이어폰 볼륨을 크게 틀었다 우
렁찬 배기음은 허세 가득 찬 허풍으로 들린다

누구보다 빠른 속도로 달리지만 일찍 도착한다
는 것 외엔 아무런 장점이 없어 보인다

밝은 세상 아래 스쳐 보낸 것들 모두가 잠든 사
이 느리게 흐르는 것들이 많다

땀마저 조용히 흐르는 고요한 새벽 거리를 거닌
다 해가 지고 식물이 잠든 시간 새벽은 말이 적다

헬싱키나 탈린 같은 곳으로

여행지에서의 하룻밤은 하나의 문장을 적어내는 밤이다. 요즘엔 통 여행을 떠나지 못해 그만큼 페이지를 수놓을 문장을 엮지 못하고 있다. 생경한 꼬치 집에서 더운 소주를 마시던 날이 그립다. 아이러니에 취해 비틀거린 소박한 밤거리가 떠오른다. 너무나 소박해서 그저 배경으로 남은 장면들이 간절하다.

예상치 못한 상황들이 펼쳐지는 것. 뒤통수를 긁적이며 숙소로 돌아오는 것. 침대에 누워 빈둥거리다 이대론 안 되겠다 싶어 몸을 일으켜 세우는 것. 무작정 밤길을 나서보는 것. 발길 가는 대로 골목골목을 거니는 것. 동네 주민만 오갈 것 같은 술집 앞에 멈춰 서는 것. 의심의 눈초리를 거두고 가게로 들어가 보는 것. 자작한 술로 적적한 기분을 달래 보는 것. 서툰 자신의 모습을 인정하는 것. 혼자라서 평소보다 빠르게 취기가 올라오는 것. 취해가는 순간을 느리게 지켜보는 것. 그 과정에서 삶의 힌트를 얻는 것. 의지할 사람 없기에 애써 정신 차려보는 것. 어두운 밤거리를 비틀비틀 걷는 것. 한껏 취한 채로 침대에 드러눕는 것. 누렇게 번지는 천장을 바라보는 것. 하루를 회상하며 오늘을 끼적여보는 것. 집으로 돌아오는 버스 안에서 그날의 기록을 보며 남몰래 웃음 짓는 것. 날 것의 느낌이 싫지만은 않아 그대로 내버려 두는 것.

소박한 장면들이 모여 삶의 배경을 이룬다. 강렬한 추억은 유효 기간이 짧지만, 소박한 기억엔 유효 기간이 없다. 내일이라도 훌쩍 오이도나 소래포구 같은 곳으로 파란을 찾아 떠나볼까. 아니면 주말에 제천이나 단양 같은 곳으로 초록을 맡으러 가볼까. 어디라도 가서 하룻밤 머물다 오고 싶은 나날이다. 언제고 여행이 맘 편히 가능해진 날, 헬싱키나 탈린 같은 곳으로 가능한 한 멀리 떠나고 싶다.

섬은 지구가 만들고, 언덕은 바람이 만들었다

작은 단어들이 모여 하나의 문장을 만들어내듯, 잘게 부서진 모래알들이 모여 하나의 언덕을 만들었다. 바다 한가운데 섬으로 모래를 데려온 자는 누구일까. 섬 한구석에 덩그러니 모래 언덕을 쌓아올린 자는 누구일까. 그 작자가 만약 바람이라면, 바람은 왜 모래를 다시 바다로 데려가려는 걸까.

바다 위의 모래 언덕은 상처받고 바람맞은 존재들로 이루어져 있다. 서로가 서로의 아픔과 슬픔을 감싸 안아 준다. 그러다가도 옛 바람이 불어오면, 언제 슬퍼했냐는 듯 뒤도 안 돌아보고 휙 날아가 버린다.

상처받고 바람맞는 순간마다 내면에 언덕을 조금씩 쌓아 간다. 마음속 모래알이 날아가지 않도록 슬픔을 잘라내 언덕 위를 덮는다. 아픔을 찢어내 바

람을 묶는다. 옛정에 더는 휘둘리지 않도록 모래 위
로 물을 뿌리기도 한다. 섬은 지구가 만들고, 언덕은
바람이 만들었다. 그리움은 내가 만들고, 문장은 네
가 만들었다.

어깨를 툭 치는

시집을 읽다 보면, 옷깃을 잡아채는 연이 있다. 어깨를 툭 치고 가는 행이 있는가 하면, 몸통을 흔드는 시를 만나기도 한다. 나는 시집을 읽다가 몸을 뒤흔드는 시를 만나면 종이 끝을 접는다.

이따금 앞 장의 시가 마음에 들어 오른쪽 귀를 접어두었는데, 다음 장의 시도 좋을 때가 있다. 반대쪽으로 접혀있는 종이 끝을 이쪽으로 되접어야 할까. 또 그러기엔 저 시도 좋은데. 그럼, 이 시는 어쩌고. 접을 수 있는 방향은 하나뿐, 양자택일의 삶이 또 나를 침범한다.

이거 어쩌지, 서로 우열을 가려내야 하나 앞뒤로 문장을 살펴본다. 고뇌에 빠진다. 종이를 도로 핀다. 사선으로 흔적이 남는다. 그대로 시집을 덮으면 어느 쪽으로도 치우친 흔적 없이 평평해질까. 시간이

흐른 뒤에 다시 시집을 펴봤을 땐, 어느 시를 향해
고개를 꾸벅이게 될까.

부스 안 사람들

이십년지기 친구와 바다 구경을 왔다. 우린 동명항 주차장에 차를 세워 두고, 영금정으로 이어진 다리를 건넜다. 멀리서 보면 희극, 가까이서 보면 비극이라는 말이 맞는 것 같다. 멀리서 봤을 땐 머릿결처럼 가볍게 찰랑거리던 바다였는데, 가까이 와서 보니 악어 같은 파도가 넘실대는 정글이다. 짙푸른 파도는 바위에 부딪혀 새하얀 피를 흘린다. 바위 위의 혈흔은 또 다른 거대 무리에 의해 희석된다. 바다는 종영하지 않는 드라마다. 바다는 세상의 모든 파란을 가졌다. 세상의 모든 파랑까지도.

영금정에서 내려와 동명항으로 향했다. 회 센터에서 저녁거리를 포장하기로 한다. 숙소에서 추천받은 '해성수산 63호' 앞으로 갔다. 주인이 보이지 않는

다. 뒷문으로 돌아가 봐도 주인은 없고, 갈색 고무대
야에서 물고기만이 아가미를 뻐끔거리고 있다. 부
스 뒤편 평상에서 화투를 치고 있는 아주머니들에
게 물었다.

"안녕하세요, 여기 63호 사장님 어디 가셨나
요?"

"거기 아줌마? 죽었는데."

"네, 네에?"

두 눈이 동그래진다. 옆에서 친구는 당황한 모습
이 역력하다.

"푸하하, 광 팔고 죽었어. 화장실 갔으니까 금방
올 거야. 좀만 기다려봐."

아주머니들은 호탕하게 웃으며 다시 패를 돌린
다. 말씀대로 사장님은 곧 부스로 돌아왔다.

"아이고. 깜짝 놀랐어요, 사장님."

영문을 모르는 아주머니는 아무렇지 않게 손님
을 반긴다. 우리는 가슴을 쓸어내렸다.

주섬주섬 고무장갑을 고쳐 맨 아주머니에게 시
내에 있는 숙소에서 추천을 받아서 왔다고 말하자,

반가운 내색을 비추며, 빨갛고 둥근 소쿠리에 여러 생선을 고루 담아준다. 생선이 가득 찬 소쿠리를 들고 횟감 손질하는 가게로 우리를 끌고 간다.

물비린내 가득한 조그마한 부스 안에는 앞치마를 두른 세 사람이 있다. 그들은 생선을 내어 받곤, 각자 맡은 일을 일사불란하게 처리한다. 한 사람은 생선 껍질을 벗기고 배를 갈라 내장을 빼낸다. 한 사람은 투박하지만, 규칙적인 손놀림으로 회를 뜬다. 한 사람은 회 뜬 생선 살을 마른 수건으로 꾹꾹 누르며 물기를 제거한다. 마른 수건은 짠내를 머금고, 그들 손은 세월을 머금은 듯했다.

부스 안은 도마 위 칼질 소리, 바가지에 물 담는 소리, 건조기 돌아가는 소리, 비닐봉지 펼치는 소리로 요란하다. 소리의 절차에 의해 생선은 단숨에 횟감으로 탈바꿈했다. 익숙한 행동반경 안에서 비롯된 군더더기 없는 동작들. 그들은 쓸데없는 대화는 일절 하지 않고, 간단명료한 소통만으로 손질을 마무리했다. 우리는 엉성하게 묶은 검은 봉지를 내어 받고 숙소로 돌아왔다.

거실 테이블 위에 회부터 닭강정까지, 푸짐하게 상차림을 폈다. 속초를 담은 저녁상에 소주 한 잔을 털어 넣는다. 끓는 물에 살짝 데친 도치 회가 일품이다. 닭강정은 조금 식었어도 맛있다. 얼마나 먹었을까, 친구는 장시간 운전에 피곤했는지 일찍이 술잔을 내려놓는다. 그는 내게 술자리 정리를 부탁하곤 먼저 방으로 들어갔다. 나는 취기가 올라오기 전에 미리 테이블을 정리했다. 고된 장거리 운전에 비하면, 설거지는 식은 죽 먹기다.

이제 테이블 위엔 미지근해진 매운탕, 닭강정 서너 조각, 소주 반병만이 남았다. 이 정도면 훌륭하지, 고개를 끄덕이며 잔에 술을 따라 마셨다. 적막한 거실에 술 넘기는 소리가 퍼진다. 쓸쓸한 기분이 들 법도 한데, 괜스레 미소가 지어진다. 등불 하나에 의지해 칠흑 같은 망망대해 위에서 조업하는 선원처럼, 테이블 위에 조명 하나 켜놓고 소주를 마시는 모습이 속초스러웠달까. 남은 술을 마시며 이런저런 생각에 잠긴다. 공상은 함께 여행을 떠나 온 오래된 친구로 이어진다.

‘비빔밥을 비빌 때, 밥알 한 톨 한 톨까지 고추장을 묻힐 수 없는 것처럼, 이십년지기 친구라 할지라도 그의 마음을 속속들이 알 수 없네.’

사람마다 각자 정의 내린 친구의 기준이 있다. 그 범위 안에서 가장 오래된 친구가 있을 것이고, 가장 친한 친구가 있을 것이다. 내게는 가장 오래 알고 지낸 친구가 곧 가장 친한 친구이다. 하지만 함께 한 세월이 길다고 해서 그에 대해 전부 다 알고 있다고 자부할 순 없다. 우리는 서로 모든 것을 알진 못해도 아니, 서로에 대해 모든 것을 알지 못해서 함께 늙어간다. 별다른 대화 없이도 손발이 척척 맞던 부스 안 사람들처럼 함께 세월을 머금고 있던 것이다.

마지막 잔을 비운다. 거실 조명을 끄고 방으로 들어가려던 찰나, 새벽 바다 위에서 추위를 견디고 있을 선원들을 떠올린다. 그들은 오늘 바다에서 무엇을 낚아냈을까. 그렇다면 나는 무엇을 낚기 위해 속초에 왔을까. 어망을 던지듯 스스로에게 질문을 던져 본다. 먼 훗날 질문의 망을 들춰보았을 때, 월척 같은 대답이 걸려 있기를 바라본다.

속초에서 미량의 바람을, 미량의 짠내를, 미량의
세월을 머금고 간다. 그 적은 양의 추억으로 삶은 치
명적인 여독을 앓을 것만 같다.

한 나라에서 한 나라로

국경을 넘어가는 순간 시를 적어낸 적이 있다. 시라 부르기 민망하지만, 이력서에 개인 정보 적어 두고 이거 시예요 해도 시가 되는 것처럼, 한 나라에서 한 나라로 이동할 때 떠오른 감정들을 끄적인 적이 있다. 하지만 이제는 그런 민망함조차 느낄 겨를이 없다. 현세에 치여 살수록 글쓰기에 마음을 쏠 시간이 줄어든다. 감정을 풀어내는 것조차 감정 노동으로 다가온다. 이렇게 삶을 쉽게 대하지 못하는 내가 과연 시를 쉽게 써 내려갈 날이 올까. 한 나라에서 한 나라로 이동하지 못하고, 나에게서 너에게로 옮겨가지 못하는 난 영원히 시를 적어낼 수 없는 걸까.

홀로 있는 카페 안에서 공연히 자리를 옮겨 앉아 본다.

오늘의 소란이 서른의 소란이 될 테니까

내일을 위해 살면, 오늘 당장 무언가라도 해내야 할 것 같아 불안해진다.

서른을 바라보며 산다면, 지금 행하는 무언가가 서른을 위한 기반이 될 거라는 생각에 마음이 한결 놓인다.

무엇을 하든 방점을 어디에 찍느냐가 중요하다.

오늘, 나는 그 방점을 서른에 찍었다. 오늘의 소란이 서른의 소란이 될 테니까.

시처럼 음악처럼

1

누군가 혼자 야경 보러 나가는 길에
"저도 같이 가요" 하는 게 시(詩)에요
문밖을 나설 때는 저절로 무리가 돼 있어요
단어들이 모여 어느덧 문장이 완성되는 거죠

2

문장을 솎아낼수록
시가 숨을 쉰다
정원수는 수목을 가꾸고
시인은 단어를 가꾼다

3

남 노래 부르지 말고 내 걸 불러야 한다
내 노래 부르면 박자 놓치고 음정 틀려도 내 거
다
아무 말 내뱉지 않아도 멜로디 흐르고 있으니
침묵도 노래가 된다
내 노래에 자연스레 마이크를 쥐듯 그렇게
연필을 쥐어야 한다

4

수성펜으로 직선을 그으면
심전도 그래프처럼
위아래로 검은 물이 튀어요
꾹 눌러쓰지 않아서
손이 떨려서 긴장해서
그런데 그래서 더 좋죠

우린 국경선을 밟지 않고 국경을 넘었다

장내가 소란스럽다. 도통 알아듣기 어려운 독일어로 안내 방송이 흘러나온다. 차분한 목소리지만 억양 때문인지 강압적인 느낌이 든다. 주변의 승객들은 불만을 토로한다. 하나둘 자리를 뜬다. 창가 자리에 앉아있던 할아버지도 내게 자리를 비켜 달라고 한다. 엉겁결에 짐을 챙겨 그를 따라 일어선다. 캐리어를 들고 기차 칸 밖으로 나간다. 영문도 모른 채 졸지에 자리를 잃는다. 스마트폰은 또 말썽이다. 데이터가 터지지 않는다. 열차는 1시간 이상 지연된다. 내 손에는 여전히 먹통인 스마트폰과 무거울 대로 무거운 짐이 들려있다.

예상보다 늦게 하노버역에 도착했다. 타야 했던 기차는 이미 역을 지나간 지 오래다. 예약 표는 무용지물이 된 걸까, 새로 표를 뽑아야 하는 걸까, 안

내 데스크로 찾아가 자초지종을 설명한다. 안내원은 다음 열차를 타도 괜찮다고 한다. 그 말이 사실일까, 무임승차로 벌금을 물지는 않을까, 잔뜩 긴장한 채로 뮌헨 행 열차에 올라탄다. 덜컥, 소리가 난다. 저 끝에서 검표원으로 보이는 사람이 다가온다. 하필 내 앞에 멈춰 표를 보여 달라고 한다. 이전 기차가 지연된 것을 알고 있는지, 표를 확인하곤 고개를 끄덕이며 그대로 지나간다. 당혹스러운 일이 생기지 않을까 걱정했는데 다행이다.

길을 나선 지 10시간 만에 드디어 뮌헨 중앙역에 도착했다. 예약해 둔 역 근처 호스텔로 이동한다. 직원은 예약 명단을 살펴본 후, 방으로 나를 안내한다. 방 열쇠와 함께 1층 바에서 사용할 수 있는 맥주 쿠폰을 건넨다. 방으로 들어와 침대 옆에서 짐을 풀고 있는데, 비슷한 또래로 보이는 남자가 말을 걸어온다. 네덜란드 출신이라고 한다. 방금 암스테르담에서 넘어왔다고 말하자 더욱 반가워한다. 나는 싱긋이 미소를 지어 보인다. 웃음에는 국경이 없으니까.

그는 내게 암스테르담의 아름다움에 대해 열심히 설명하려 애쓴다. 나는 대충 알겠다는 듯 고개를 끄덕였다. 자신은 혼자서 유럽 여행을 하는 중이라고 밝힌다. 묘한 동질감을 느낀다. 이 친구야말로 투 머치 토커다. 얘기가 길어질 것 같은 느낌이다. 가볍게 목례를 하고 짐을 마저 푼다. 비 오듯 땀이 흘러내린다. 이곳 여름은 더워도 너무 덥다. 얼른 맥주로 목을 축이고 싶다. 게다가 독일은 맥주의 나라, 그 중에서도 뮌헨은 맥주의 고장이 아니던가. 들뜬 마음으로 호스텔을 빠져나온다.

뮌헨 3대 맥주 중에서 가장 맛있다고 소문난 '아우구스티너 켈러'를 찾아 나선다. 한국에서 미리 알아본 곳이다. 뮌헨을 대표하는 양조장 중 하나로, 넓은 비어 가든이 있는 것이 특징이다. 실제로 그 앞에 도착해 보니, 가든 안에서 시끌벅적하게 맥주를 마시는 사람들로 가득했다. 수많은 인파 속을 혼자 헤집고 들어가 맥주를 마실 용기가 좀처럼 나지 않는다. 잠시 길가로 나와 유럽 여행 카페 '유랑'에서 동행을 구해보기로 한다.

뮌헨 지역에서 실시간으로 올라온 '맥주 동행 구함' 게시물을 발견했다. 게시글에 댓글을 남기고, 카톡 아이디를 추가해 메시지를 보낸다. 댓글은 묵묵부답, 몇 분 뒤 회신 온 문자 내용은 '남자는 인원이 모두 찼습니다.' 동행을 구한다면서 남자라서 안 된다니, 여행지에서 남녀 성비를 맞춰가며 놀겠다는 심보가 이해되지 않는다. 그렇다고 악에 받쳐 혼자 비어 가든에 들어가긴 싫다.

왠지 모를 패배감에 휩싸여 정처 없이 길거리를 걷기 시작했다. '그래, 나는 나의 여행을 해야지. 여기서 대체 뭐 하는 거야.' 길을 걸으며 다소 분한 마음과 서글픔을 덜어냈다. 마음을 진정시키는 데 시간이 오래 걸렸는지, 어느새 도시 중심부와 꽤 멀어져 있다. 후덥지근한 날씨에 목이 마르다. 주린 배는 아까부터 어서 음식을 달라며 아우성을 치고 있었다. 구글 지도를 켜고 숙소 위치를 찍는다. 숙소로 돌아오던 중 이름 모를 철교 위를 지났다. 철교 위에 나란히 걸터앉아 있는 사람들. 그 뒤로 은은하게 석양이 내려앉는 모습이 보인다.

여행의 명장면을 넘어 인생의 명장면을 목격하고 만다. 석양빛으로 인해 그들은 노을 앞의 검은 윤곽으로 눈에 들어온다. 목에 걸린 필름 카메라를 들어 그 모습을 담는다. 누군가는 나를 거절했지만, 윤곽으로 남은 저 사람들은 나를 은은하게 맞아 주었다.

숙소 근처로 돌아와 맥주 그림이 그려진 아무 가게로 들어갔다. 독일식 족발 요리로 알려진 슈바인스학세와 1리터짜리 파울라너 생맥주를 주문했다. 혼자서 먹기 많은 양, 부담스러운 가격 따위는 중요하지 않다. 기차 지연에 맥주 동행까지 거부당한 오늘의 나에게 호식을 허용하기로 한다. 커다란 생맥주가 먼저 나왔다. 한 손으로 들기에 꽤 버겁다. 묵직한 맥주잔을 두 손으로 들어 올려 호기롭게 마시기 시작한다. 이 정도 마셨으면 양이 줄어들 법도 한데, 한참을 마시고 내려놓아도 전혀 줄어들 생각이 없다. 다시 한번 꿀꺽.

"크으으. 이거지."

맥주 한 잔에 오늘의 쓸쓸한 기분이 금세 풀려버린다. 이것 참⋯ 너무 쉽게 풀린 기분이다. 역시 여행지에서는 단순해지는 게 최고다.

첫 잔을 반 정도 비워 갈 때쯤, 슈바인스학세가 나왔다. 자작한 국물 위에 얇게 저민 양배추가 깔려 있다. 그 위로 바싹하게 구워낸 족발과 감자 두 알이 딱! 포크와 나이프로 바삭한 껍질과 육즙이 흐르는 살점을 뜯어낸다. 쫄깃한 고깃점에 짭조름한 야채를 곁들여 먹는다. 그 많던 맥주가 금세 바닥을 보인다. 지나가는 종업원과 눈이 마주친다. 맥주잔을 가리키며 한 잔을 더 주문한다. 물은 하루에 1리터조차 마시기 어려운데 어쩜 맥주는 이렇게 술술 들어갈까. 시시한 생각이 스치는 걸 보니 긴장이 풀렸나 보다.

두 번째 맥주를 마시며 혼자만의 시간으로 취해 가고 있던 때, 옆에 있던 중년의 백인 남성이 말을 걸어온다. 맥주잔을 이런 식으로 잡으면, 한 손으로 쉽게 들어 올릴 수 있다며 시범을 보인다. 그는 바깥 손잡이를 잡는 대신, 큼지막한 맥주잔을 악수하듯 감싸 쥔다. '오, 이런 방법이?' 그가 알려준 대로 한 손으로 잔을 들어 올려 건배를 제안했다.

"땡큐, 치얼스!"

그는 맥주를 한 모금 들이켜곤, 내가 먹고 있는 음식을 빤히 쳐다보며 또다시 말을 건다. 맛있는지 묻는 눈치다. 양쪽 눈을 크게 뜨며 만족스러운 표정을 지어 보였다. 기대했던 대로 맛있다, 생맥주가 신선하다, 당신이 먹는 소시지 맛은 어떠냐, 자연스레 대화가 이어진다. 옆으로 나란히 앉아 맥주잔을 부딪친다. 오른쪽으로 몸이 기운다.

술기운에 발음이 꼬이기 시작한다. 단전에서 자신감이 솟아오른다. 아예 자리를 옮겨 앉아 이야기를 이어간다. 그는 내가 한국인이라는 사실에 반가워하며, 자신도 한국에 가본 적이 있다고 한다. 이어서 그는 이 도시가 어떠냐고 묻는다. 오늘이 첫날이라 아직 잘 모르겠다고 했다. 자신은 노르웨이 사람인데, 뮌헨으로 자주 여행을 왔다고 한다. 이번엔 혼자서 여름휴가를 왔다며 내일 특별한 일정이 없으면, 뮌헨 시내를 소개해 주고 싶다고 한다. 근처에 있는 비어 가든도 가보자는 말과 함께. 한국인에게도 맥주 동행을 거절당했던 나로서는 잠시 놀랐지만, 이내 고개를 끄덕거렸다. 내일 오전 11시에 이곳에서 만나기로 약속한 후, 마지막 모금을 마셨다.

맥주를 모두 비워내자 잔을 들기 수월했다.

다음날 오전, 가게 앞에서 그를 만났다. 그의 뒤를 따라다니며 뮌헨 시내를 구경했다. 뮌헨은 고딕 양식으로 높게 솟은 첨탑들이 많아 딱딱한 도시일 줄 알았는데, 꽤 귀여운 풍경들이 많다. 나는 자주 발걸음을 멈춰 그 장면들을 카메라에 담았다. 그는 옆에서 말없이 기다려줬다. 내가 축구용품을 판매하는 상점 앞에서 서성거리고 있으면, 안으로 들어가 보자고 나를 이끌기도 했다.

"축구 좋아해요?"

바이에른 뮌헨의 유니폼을 구경하고 있는 내게 그가 묻는다. 나는 축구를 좋아한다고 말했다.

"그렇구나. 바이언 선수들 좋아해요?"

"아니요, 저는 스티븐 제라드 좋아해요. 그래서 리버풀 응원하고 있어요."

그가 반색하며 의미심장한 웃음을 짓는다.

상점에서 나와 마리엔 광장을 가로질렀다. 성당도 들어가 보고, 사람이 붐비는 시장도 한 바퀴 돌아보았다. 그는 슬슬 맥주를 마시러 가자고 한다.

스마트폰 도움 없이도 그의 발걸음은 막힘이 없다. 익숙한 동네를 걷는 모양새다.

골목 구석구석을 지나서 도착한 곳은 호프브로이하우스. 맥주잔 모양 이니셜 'HB'가 새겨진 입구로 들어갔다. 내부로 들어서자 왁자지껄 웃음소리와 잔 부딪히는 소리가 들린다. 이게 진짜 독일 맥주집이구나! 신기한 눈으로 주위를 둘러본다. 한쪽에선 반바지에 스타킹을 올려 신은 브라스밴드가 큼지막한 금관악기를 연주하며 실내 분위기를 풍성하게 만들고 있다. 다른 한쪽에선 독일 전통 의상을 입은 웨이트리스가 맥주를 따르고 있다. 기울인 잔으로 맥주가 반 이상 흘러내린다. 흐르면 흐르는 대로! 그 모습에서 왠지 모를 여유가 느껴진다.

우리는 너른 야외 정원으로 나갔다. 나무 아래 그늘진 곳으로 자리를 잡는다. 시원한 생맥주 두 잔을 주문했다. 여전히 적응 안 되는 크기의 맥주가 나온다. 나는 그가 한국에 온 적이 있다는 말이 떠올라 이것저것 묻기 시작했다. 그는 삼성 중공업 거제 조선소에서 2년 동안 엔지니어로 일했다고 한다. 오래전 이야기라며, 지금은 오슬로에서 거주하고 있다고 덧붙인다. 나는 꼭 한번 북유럽에 가보고 싶었다고, 기회가 되면 노르웨이도 가보겠다고 했다.

"맥주 맛은 어때요?"

"어제 마셨던 것보다 맛있네요!"

"그렇죠, 호프브로이하우스 생맥주가 정말 맛있죠. 근데 제 생각엔 아우구스티너 켈러에서 마시는 생맥주가 제일 맛있는 것 같아요."

어제 뮌헨에 도착하자마자 가보고 싶었던 곳이다. 그는 내 씁쓸한 마음을 아는지 모르는지, 여행 중에 시간이 되면 꼭 가보라고 한다.

"그나저나, 아저씨(편의상 호칭)도 축구 좋아하세요?"

급하게 화제를 다른 곳으로 돌렸다.

"그럼요, 엄청 좋아하죠. 저도 콥(KOP)이에요."

"우와! 진짜요? 여기서 리버풀 팬을 만나다니!"

"이렇게 만나니까 더 반갑죠?"

"네! 당연하죠! 저는 이제 리버풀을 응원하게 된 지, 10년 정도 된 것 같아요. 아저씨는 언제부터 좋아하셨어요?"

"아마, 케빈 키건 있을 때부터?"

케빈 키건은 차범근과 비슷한 시기에 한 시대를 풍미한 축구 선수다. 대한민국 축구에 비유하자면, 그는 차범근 세대, 나는 박지성 세대였다. 그는 며칠 전, 여름 이적시장에서 팀에 새롭게 영입된 골키퍼 소식도 알고 있었다. 여행 중에도 응원하는 축구팀의 최근 소식을 놓치지 않으려는 모습이 나와 비슷했다. 우연치고는 둘 사이에 접점이 퍽 많았다. 여행, 맥주, 한국, 축구 등 공통된 키워드 덕분에 인종이나 세대 차이를 전혀 느끼지 못했다. 되려 어느 때보다 더 많은 감정을 교류한 기분이었다. 물론 그가 쉬운 영어 단어를 사용하며 질문을 받아주고, 내가 적절한 말이 떠오르지 않아 버벅거릴 때면 맥주를 마시면서 느긋하게 기다려준 덕이 컸다.

"이제 어디 갈 예정이에요?"
맥주를 다 마셔 갈 때쯤, 그가 묻는다.
"성 피터 교회에 한 번 올라가 보려고요."
"거기 들렸다가 여기 가보는 건 어때요?"
그는 자신이 가지고 있던 종이 지도를 펼쳐 보

이며, 가볼 만한 곳을 여기저기 가리킨다. 특히 축구를 좋아하는 내게 가까운 위치에 '알리안츠 아레나' 스타디움이 있다며, 축구 경기장 투어를 추천한다. 그는 내 시간을 뺏는 게 미안했는지, 다음 일정을 위해 어서 가보라며 지도를 아예 내 손에 쥐여 줬다.

내가 가방에서 유로를 꺼내려고 하자, 그는 자신이 맥줏값을 내겠다고 한다. 어젯밤부터 아무런 조건 없이 친절을 베푸는 그가 그저 신기하기만 하다. 나는 그에게 이메일 주소를 알려달라고 했다. 아이폰 메모장에 주소를 받아 적었다.

"아저씨, 고마웠어요. 덕분에 시내 구경도 하고, 맛있는 생맥주를 마실 수 있었어요. 남은 여행도 재밌게 보내세요!"

마지막 인사를 건네고 자리에서 일어났다. 비어 가든을 나가면서 뒤를 돌아보았을 때, 그는 온화한 미소를 지으며 내게 손을 흔들고 있었다. 그 또한 웃음엔 국경이 없다는 사실을 알고 있었나 보다. 여행자는 여행자에게 위로를 받는다.

아저씨와 헤어진 이후로도 여행 중에 여러 사람을 만났다. 사람에게 데인 상처가 완전히 아물진 않았는지, 먼저 인사를 건네거나 섣불리 다가가진 못했다. 그럼에도 많은 이들이 혼자인 내게 다가와 줬다. 말을 붙여주고 동행을 제안하기도 했다. 그렇게 사람들을 하나둘 만나면서 여행에서 받은 상처가 점차 아물어갔다.

나는 여행 중에 종종 생각했다. 그때 내가 뮌헨에서 수상쩍은 목적을 가지고 동행을 구하는 사람들과 맥주를 마셨으면 어땠을까 하고. 물론 그들과 재미있는 시간을 보냈을 수도 있다. 하지만 분명한 건, 노르웨이 아저씨와의 시간만큼 오랫동안 기억되지 않았을 거란 점이다. 최악의 상상을 해보자면, 나도 모르게 남자들끼리의 기 싸움에 휘말렸을지도 모르고, 단순히 여행자로서의 신분이 아닌 한국에서의 자아까지 술자리로 끌어들여왔을지도 모른다.

뮌헨에서의 일화를 통해 깨닫게 된 부분이 있다. 여행을 떠나 너무 많은 것을 하려 하지 말자는 것이다. 맥주를 반 이상 흘려보내는 담대한 웨이트리스처럼, 그저 흘러가는 대로 여행에 몸을 맡겨도 좋지 않을까 생각했다. 그날의 맥주가 맛있었던 건, 아마도 많은 거품과 맥주를 흘려보냈기 때문이 아닐까. 나는 우리가 좀 더 순수하게 여행을 떠났으면 좋겠다. 좀 더 서툴게 여행을 대했으면 좋겠다. 좀 더 담대하게 여행을 흘려보냈으면 좋겠다.

2018년 09월 02일

노르웨이 아저씨, 안녕하세요. 뮌헨에서 만났던 한국인 학생이에요. 참, 제 이름은 '리'에요. 저희 서로 이름도 모른 채, 두 번의 식사를 했네요.

여행은 잘 마무리하셨나요? 요즘은 어떻게 지내고 계세요! 저는 최근에 마지막 학기가 개강해서 정신이 없었어요.

늦었지만 이렇게 안부 인사를 전해요. 뮌헨에서 좋은 추억을 만들어주셔서 감사해요. 평생 잊지 못할 순간일 거예요. 뮌헨에서 아저씨를 만난 건, 큰 행운이었어요.

저희 함께 찍은 사진 첨부해요. 오슬로에서 행복하시길 바랄게요!

추신.
리버풀이 지금 리그 초반 4연승 중이에요! 시작이 좋은걸요? 이번 시즌, 일* 한 번 크게 낼 것 같아요!

2018년 09월 16일

안녕. 나의 친구 리.

전 여행을 잘 마무리하고 돌아왔어요. 현재 노르웨이에서 모든 것이 만족스러워요.

저도 올여름 뮌헨에서 한국인 학생을 만나 무척 반가웠어요. 옛날 생각도 나서 좋았고요.

저는 일주일 뒤에 옥토버페스트에 참여하기 위해 다

시 뮌헨을 찾을 예정이에요. 당신도 함께했으면 좋았을 텐데 아쉬워요.

곧 졸업이군요. 리, 당신은 모든 게 잘 풀릴 거예요. 걱정하지 마요. 앞으로 잘 지내기를 바랄게요.

안부를 전합니다, 에스펜.

＊그 시즌(2018-19) 리버풀 FC는 14년 만에 UEFA 챔피언스 리그 우승을 차지했다.

어려울수록 펜을 쥐겠습니다

글이란 무엇을 쓸 수 있는지보다, 무엇을 덜어낼 수 있는지에 대해 끊임없이 고민하는 것이다. 한동안 글을 적어내지 못한 이유는 우선 글을 덜어내야 했기 때문. 덜어내는 과정을 반복하다 보면 이게 글의 질을 높이는 것인지, 글의 질량을 낮추는 것인지 헷갈리기 시작한다. 과연 얼마나 더 덜어내야 할까. 지난날의 글을 한데 엮으면서 그 당시 날 것의 문장들을 조리해야 할 때가 있다. 부패한 문장은 버려야 할 때도 있다. 어렵게 적어낸 글들을 다시 지워내는 일, 신중을 기한 그림을 곧바로 찢어내는 일, 공들여 쌓은 탑을 그대로 무너트리는 일. 글을 쓰고 다듬는 과정은 문장보다 욕심을 덜어내는 일에 가깝다.

두 번째 책을 준비하면서 생각했다. 더 잘할 수 있을 거란 욕심을 버려야 한다고. 이제 난 혼란 속에서 선택을 내려야 할 상황이 찾아올 때면, 지금 이 순간 내리는 선택이 최선이라고 여기기로 했다. 아무리 많은 노력을 기울여도 세상엔 내 맘대로, 내 뜻대로 되지 않는 것도 있으니까. 노래방에서 땀이 나도록 열창한 후에 확인해본 점수가 81점일 때처럼 말이다.

마지막 페이지

책의 마지막 페이지를 덮어냈을 때, 해외에서 우리나라로 돌아오는 비행기에 올라탔을 때 나 자신이 조금 바뀐 것 같다는 생각이 드는 건, 실제로 무언가 바뀌었기 때문이다. 독서를 마치거나 여행을 다녀온 사람은 책을 펴기 전의 나로, 타지에 발을 내딛지 않았던 시절의 나로 다신 돌아갈 수 없다. 그것은 마치 삼켜낸 술과 같아서 취하지 않고는 배길 수 없는 것이다. 이 책의 마지막 페이지를 덮어냈을 때, 숙취 어린 아침처럼 문장에 목이 말랐으면 좋겠다. 책의 첫 페이지를 다시 펴내고 나서야 숙취가 가시면 좋겠다.

새벽길을 나서는 모든 그대에게

두 번째 책 출간 과정을 통해 나는 '나'라는 사람에 대해서 조금 더 알게 되었다. 나는 생각보다 더 겁이 많은 사람이었고, 훨씬 더 모순적인 사람이었다. 첫 번째는 멋모르고 시작했지만, 두 번째는 한 번 경험해 보았단 이유로 욕심이 생겼다. 욕심이 커질수록 불안감도 커졌다. 글을 쓰는 사람은 전달력 조금 떨어지고, 설득력 조금 떨어져도 자기 확신이 없으면 안 된다고 생각했다.

하지만 정작 나는 퇴고를 하고 발문을 적는 이 순간까지도 지금 내가 하는 것들이 과연 맞을 일인지, 옳은 일인지 끊임없이 의심했다. 의구심은 점점 커져 나를 옭아매는 지경에 이르렀고, 결국 나란 사람은 시도는커녕 시작 전부터 그 가능성을 따져 보는 계산적인 사람이 되어 있었다.

　그러던 어느 날 새벽에 방을 환기하기 위해 창문을 열었는데, 서늘한 공기가 살갗을 스쳤다. 그 순간 첫 여행의 기억이 문득 떠올랐다. 어르신의 걱정 어린 물음에 갈 데가 있어서요, 라는 무뚝뚝한 한 마디를 남긴 채 새벽길을 나섰던 그 날이 떠오른 것이다. 자신을 의심하지 않고 상황을 저울질하지 않았던 시절의 나를 떠올리자 왠지 모를 용기가 났다.

　길이라는 게 사실 생각해 보면, 미래가 아닌 과거의 성질을 지니고 있다. 길을 지나오고 나서야 그 길을 지나온 발자국을 확인할 수 있었다. 걸음을 내딛지 않고서 흔적을 새길 수 없고, 길을 나서지 않고서 길이라 부를 수 없었다. 길은 처음부터 길이 아니었다.

　오래전 새벽, '아직은 추워.' '아직은 어두워.' '아직은 위험해.' '아직은 너무 일러.' 와 같은 생각에 사로잡혀 길을 나서지 않았더라면, 오늘 나는 이 책을 펴내지 못했을 것이다. 마지막 순간까지도 갈팡질팡하던 난, 새벽길을 나섰던 어린 시절의 나에게 큰 결심을 얻었다. 방향성을 잡지 못하고 어둠을 두려워하는 지금, 그때처럼 담담하게 길을 걸어가고 싶다.

동트기 전이 가장 어둡다는 희망을 품은 채 아직은 깜깜한 길거리로 발을 내디딘다. 불안은 잠시 내려놓고, 용기를 내어 한 발자국 떼어 본다. 새벽길을 나서는 모든 그대에게, 나의 문장들이 작은 빛이 되길 소망한다.

책을 편식하는 사람들 2

갈 데가 있어서요

초판 1쇄 발행　　2021년 12월 1일

지은이　　　　이택민
펴낸이　　　　이택민
디자인　　　　한지혜

펴낸곳　　　　책편사
등록번호　　　제2020-000027호
전자우편　　　chaekpyunsa@gmail.com
인스타그램　　@chaekpyunsa

ⓒ 이택민

ISBN 979-11-971216-2-3 (13810)